Max Planck

Über Gleichgewichtszustände isotroper Körper in verschiedenen Temperaturen

Antigonos

Max Planck

Über Gleichgewichtszustände isotroper Körper in verschiedenen Temperaturen

Unveränderter Nachdruck der Originalausgabe von 1880.

1. Auflage 2024 | ISBN: 978-3-38693-856-3

Antigonos Verlag ist ein Imprint der Outlook Verlagsgesellschaft mbH.

Verlag: Outlook Verlag GmbH, Zeilweg 44, 60439 Frankfurt, Deutschland, info@outlook-verlag.de
Vertretungsberechtigt: E. Roepke, Zeilweg 44, 60439 Frankfurt, Deutschland
Druck: Libri Plureos GmbH, Friedensallee 273, 22763 Hamburg, Deutschland

ÜBER

GLEICHGEWICHTSZUSTÄNDE

ISOTROPER KÖRPER

IN

VERSCHIEDENEN TEMPERATUREN.

VON

DR. MAX PLANCK.

MÜNCHEN.

THEODOR ACKERMANN

KÖNIGLICHER HOFBUCHHÄNDLER.

1880.

Einleitung.

Bei der Frage nach den Bedingungen des Gleichgewichts
eines, gewissen äusseren Umständen unterworfenen, Körpers
kommt es auf die Kenntniss der Kräfte an, welche in seinem
Innern wirken.

Diese hängen aber nicht allein von den Lagen ab,
welche die kleinsten Körpertheilchen gegenseitig einnehmen, sondern auch von den Temperaturen, in denen sie sich befinden, und die sich im Allgemeinen bei jeder Zustandsänderung des Körpers ändern. Der Einfluss nun, welchen die
Verschiebungen der kleinsten Körpertheilchen auf die inneren
Kräfte haben, wird in der Theorie der Elasticität ausführlich
behandelt, während die Temperatur dort gewöhnlich still-
schweigend als constant vorausgesetzt wird.

Aufgabe der nachfolgenden Abhandlung ist es daher
zunächst, auch den Einfluss der Temperatur auf die elastischen
Kräfte im Innern eines Körpers darzustellen, und dazu geben
die Prinzipien der mechanischen Wärmetheorie hinreichende
Mittel an die Hand, ohne dass man genöthigt ist, spezielle
Annahmen über die molekulare Beschaffenheit der Körper
zu machen; es genügt vielmehr die Voraussetzung, dass dieselben von der Materie stetig erfüllt werden.

Wir beschränken uns auf die Betrachtung isotroper
Körper, jedoch ohne Rücksicht auf ihren Aggregatzustand,
und nehmen an, dass der Zustand eines isotropen Körpers
von bestimmter chemischer Zusammensetzung und von bestimmter Masse vollständig bestimmt ist durch seine Tem-

peratur und durch die relative Lage seiner Elemente zu
einander.

Ferner muss bemerkt werden, dass wir von allen Ca-
pillaritätserscheinungen absehen, und ebenso auch von solchen
Kräften, die aus der Ferne her auf die Masse des Körpers
wirken, z. B. der Schwerkraft, weil selbst die letztere erfahrungsgemäss einen nur ganz minimalen Einfluss auf die
Gleichgewichtsbedingungen im Innern eines Körpers hat, der
nicht allzugrosse Dimensionen besitzt.

Die nothwendigen Bedingungen des Gleichgewichts, wie
sie sich aus der Benutzung des Umstandes ergeben, dass in
einem im Gleichgewicht befindlichen Körper auch jedes Element desselben, als starr gedacht, im Gleichgewichte ist,
werden im ersten Abschnitt entwickelt, während der zweite
diejenigen Bedingungen enthält, welche zum Gleichgewicht
hinreichend sind, und welche natürlicherweise die ersteren
mit umfassen, aber, wie sich zeigen wird, noch etwas weiter-
gehend sind.

Die erhaltenen Resultate stimmen, soweit sie Bekanntes
berühren, vollständig mit denen der mechanischen Wärmetheorie und der Elasticitätstheorie überein, sie werden aber
auch, namentlich im zweiten Abschnitt, einiges Neue enthalten,
worunter besonders ein bisher noch nicht bekannt gewordener
Satz von praktischer Bedeutung sein dürfte, welcher unter
Anderem dazu dienen kann, die spezifische Wärme eines
Dampfes bei constantem Druck zu berechnen, aus Daten, die
sich verhältnissmässig leicht durch das Experiment ermitteln
lassen.

I. Abschnitt.

Nothwendige Gleichgewichtsbedingungen.

Denken wir uns irgend einen isotropen Körper (fest, flüssig oder gasförmig) in einem Gleichgewichtszustande, den wir als Anfangszustand fixiren, gegenüber den in Betracht kommenden Zustandsänderungen.

In diesem Anfangszustande sei der Körper vollständig homogen und von der absoluten Temperatur T, ferner sei er einem überall gleichen, normal auf seine Oberfläche wirkenden, positiven oder negativen, äusseren Druck ausgesetzt; dann wird diesem Druck durch innere elastische Kräfte das Gleichgewicht gehalten. Das Volumen der Masseneinheit (spezifisches Volumen) im Anfangszustande sei mit v bezeichnet.

Nun möge sich der Zustand des Körpers ändern, theils durch Wirkung von beliebigen äusseren Kräften, theils durch Mittheilung oder Entziehung von Wärme, bis ein neuer Gleichgewichtszustand erreicht ist, dem die Temperatur T' und das spezifische Volumen v' entsprechen möge. Die Zustandsänderung ist offenbar vollkommen bestimmt, wenn bekannt ist 1) die Temperaturänderung 2) die Verschiebungen, die ein Punkt, der Anfangs die rechtwinkligen Coordinaten x_0, y_0, z_0 hatte, in den Richtungen der Coordinaten-Axen erlitten hat, und die wir mit ξ, η, ζ bezeichnen wollen, welche Grössen zunächst als Funktionen von x_0, y_0, z_0 zu denken sind. Dann ist die Lage dieses Punktes nach der Zustandsänderung bestimmt durch die Coordinaten:

$$x = x_0 + \xi \qquad y = y_0 + \eta \qquad z = z_0 + \zeta$$

Mit Hilfe dieser Gleichungen lassen sich natürlich die Grössen ξ, η, ζ auch als Funktionen der laufenden Coordinaten x, y, z darstellen, wozu später Veranlassung geboten sein wird.

Ist nun ein neuer Gleichgewichtszustand erreicht, so lassen sich sogleich Bedingungen angeben, denen die in dem Zustande des Körpers eingetretenen Veränderungen in diesem Falle nothwendig genügen müssen. Zunächst erhalten wir erfahrungsgemäss als nothwendige Bedingung des Gleichgewichts die, dass die Temperatur im ganzen Körper dieselbe ist. Wenn sich also an irgend einer Stelle die Temperatur von T auf T' geändert hat, so muss das Nämliche an allen andern Stellen der Fall sein, was wir ausdrücken können durch:

$$d\,T' = 0.$$

wenn das Zeichen d den Uebergang von einem Punkt des Körpers auf einen unendlich benachbarten bezeichnet.

Ferner ist eine nothwendige Bedingung des Gleichgewichts die, dass ein jedes Körperelement, sowohl im Innern als auch an der Oberfläche, wenn es als starr gedacht wird, durch die an seinen Seitenflächen angreifenden Kräfte im Gleichgewicht gehalten wird. Bezeichnen wir, wie es in der Elasticitätslehre gebräuchlich ist, die Componenten der auf ein der YZ Ebene paralleles Flächenelement $d\omega$ wirkenden elastischen Kraft mit $X_x d\omega$, $Y_x d\omega$ und $Z_x d\omega$, und definiren analog die Grössen X_y, Y_y, Z_y und X_z, Y_z, Z_z so haben wir für ein Körperelement im Innern die bekannten Gleichgewichtsbedingungen:

$$\left.\begin{aligned}
\frac{\partial X_x}{\partial x} + \frac{\partial X_y}{\partial y} + \frac{\partial X_z}{\partial z} &= 0 \\[1ex]
\frac{\partial Y_x}{\partial x} + \frac{\partial Y_y}{\partial y} + \frac{\partial Y_z}{\partial z} &= 0 \\[1ex]
\frac{\partial Z_x}{\partial x} + \frac{\partial Z_y}{\partial y} + \frac{\partial Z_z}{\partial z} &= 0
\end{aligned}\right\} \quad (1)$$

wobei

$$X_y = Y_x \qquad Y_z = Z_y \qquad Z_x = X_z \qquad (2)$$

Hiebei sind die Componenten der elastischen Kräfte zu betrachten als Funktionen von x, y, z allein; denn wenn der Zustand des Körpers vollkommen gegeben ist, wie wir es hier annehmen, so kennt man für jeden Punkt x, y, z auch die elastischen Kräfte, welche auf die einzelnen durch diesen Punkt gelegten Flächenelemente wirken.

Für die Punkte an der Oberfläche gelten bekanntlich folgende Bedingungen :

$$\left.\begin{array}{l} \Xi + \alpha X_x + \beta X_y + \gamma X_z = 0 \\ H + \alpha Y_x + \beta Y_y + \gamma Y_z = 0 \\ Z + \alpha Z_x + \beta Z_y + \gamma Z_z = 0 \end{array}\right\} \quad (3)$$

Hiebei sind die Componenten der auf ein Element $d\sigma$ der Oberfläche von Aussen wirkenden Kraft mit $\Xi d\sigma$, $H d\sigma$, $Z d\sigma$, ferner die Richtungscosinusse der äusseren Normalen mit α, β, γ bezeichnet. Dann haben die Druckcomponenten der inneren elastischen Kräfte: X_x, Y_y, Z_z positive Werthe, wenn von Aussen ein Druck auf den Körper ausgeübt wird, negative, wenn ein Zug ausgeübt wird.

Während bis hieher die für die elastischen Kräfte aufgestellten Gleichungen sich durch Nichts von denen unterscheiden, wie sie in der Elasticitätstheorie entwickelt werden, wenn die Temperatur bei allen Zustandsänderungen als constant angesehen wird, lässt sich bald ein ganz wesentlicher Unterschied zwischen jenen und diesen Ausdrücken wahrnehmen.

Denken wir uns nämlich, dass der Körper aus dem soeben betrachteten Gleichgewichtszustand in irgend einen unendlich benachbarten Gleichgewichtszustand übergeht und berechnen wir die dabei von den elastischen Kräften geleistete Elementararbeit. Der letztere Gleichgewichtszustand ist vollständig bestimmt durch die Aenderung der Temperatur: $\delta T'$ und die Verschiebungen $\delta\xi$, $\delta\eta$, $\delta\zeta$ in den Richtungen der 3 Coordinatenaxen, die ein Punkt erleidet, der vorher die Coordinaten $x_0 + \xi$, $y_0 + \eta$, $z_0 + \zeta$ besass.

Da sowohl am Anfang als auch am Ende der unendlich

kleinen Zustandsänderung jedes Körperelement im Innern unter der Wirkung der elastischen Kräfte im Gleichgewicht steht, so ist die Arbeit der elastischen Kräfte im Innern des Körpers $= 0$, und es beschränkt sich daher die Gesammtarbeit der elastischen Kräfte auf die der elastischen Kräfte an der Oberfläche; denn diese halten nicht an und für sich allein die Körperelemente im Gleichgewicht.

Die Componenten der auf ein Körperelement an der Oberfläche wirkenden elatischen Kräfte sind, wenn $d\sigma$ die Fläche des dazugehörenden Oberflächenelementes bezeichnet, gemäss den Gleichungen (3)

$$(\alpha X_x + \beta X_y + \gamma X_z)\, d\sigma$$
$$(\alpha Y_x + \beta Y_y + \gamma Y_z)\, d\sigma$$
$$(\alpha Z_x + \beta Z_y + \gamma Z_z)\, d\sigma$$

Multiplicirt man diese 3 Ausdrücke mit den entsprechenden Verschiebungen $\delta\xi$, $\delta\eta$, $\delta\zeta$ des Körperelements längs den 3 Coordinatenaxen, so erhält man durch Addition der 3 Produkte, und durch Integration über die ganze Oberfläche, endlich durch Wechsel des Vorzeichens, die Arbeit der elastischen Kräfte an der Oberfläche:

$$\delta\Phi = -\int d\sigma \left\{ \begin{array}{l} (\alpha X_x + \beta X_y + \gamma X_z)\,\delta\xi \\ + (\alpha Y_x + \beta Y_y + \gamma Y_z)\,\delta\eta \\ + (\alpha Z_x + \beta Z_y + \gamma Z_z)\,\delta\zeta \end{array} \right\} \quad (4)$$

Was den vorgenommenen Wechsel des Vorzeichens betrifft, so ist dieser dadurch geboten, dass bekanntlich die Grösse der Arbeit in der mechanischen Wärmetheorie im entgegengesetzten Sinne gerechnet wird, als in der Mechanik. Denn wenn ein Punkt sich unter dem Einfluss und in der Richtung einer Kraft bewegt, so wird in der Mechanik die Arbeit durch das positive Produkt von Kraft und Weg dargestellt, in der mechanischen Wärmetheorie dagegen durch das negative Produkt von Kraft und Weg, weil (nach der gebräuchlichen Ausdrucksweise) durch den eben bezeichneten Vorgang keine Arbeit geleistet, sondern Arbeit verbraucht wird.

Der Ausdruck (4), welcher nun nach dem Obigen die Gesammtarbeit der elastischen Kräfte des Körpers bei einer unendlich kleinen Zustandsänderung darstellt, lässt sich auf bekannte Weise aus einem Oberflächenintegral in ein körperliches Integral verwandeln, indem man beispielsweise für ein Glied dieses Ausdrucks hat:

$$- \int d\sigma . \left(\alpha \, X_x \, \partial \xi \right)$$

$$= - \iiint dx\,dy\,dz . \left(\frac{\partial X_x}{\partial x} \, \partial \xi + X_x . \, \partial \frac{\partial \xi}{\partial x} \right) \tag{5}$$

Addirt man nun die 9 Glieder des Ausdrucks (4), wenn man sie alle nach (5) umgeformt hat, so vereinfacht sich diese Summe, indem alle mit $\partial \xi$, $\partial \eta$, $\partial \zeta$ multiplicirten Glieder nach den Gleichungen (1) sich aufheben, unter Berücksichtigung der Gleichungen (2) zu:

$$\partial \Phi = - \iiint dx\,dy\,dz . \left\{ \begin{array}{l} X_x . \, \partial \dfrac{\partial \xi}{\partial x} + X_y . \, \partial \left(\dfrac{\partial \xi}{\partial y} + \dfrac{\partial \eta}{\partial x} \right) \\[2ex] + Y_y . \, \partial \dfrac{\partial \eta}{\partial y} + Y_z . \, \partial \left(\dfrac{\partial \eta}{\partial z} + \dfrac{\partial \zeta}{\partial y} \right) \\[2ex] + Z_z . \, \partial \dfrac{\partial \zeta}{\partial z} + Z_x . \, \partial \left(\dfrac{\partial \zeta}{\partial x} + \dfrac{\partial \xi}{\partial z} \right) \end{array} \right\}$$

Setzen wir endlich, wie gebräuchlich:

$$X_x = \frac{\partial \xi}{\partial x} \qquad Y_y = \frac{\partial \eta}{\partial y} \qquad Z_z = \frac{\partial \zeta}{\partial z}$$

und:

$$X_y = Y_x = \frac{\partial \xi}{\partial y} + \frac{\partial \eta}{\partial x} \qquad\qquad Y_z = Z_y = \frac{\partial \eta}{\partial z} + \frac{\partial \zeta}{\partial y}$$

$$Z_x = X_z = \frac{\partial \zeta}{\partial x} + \frac{\partial \xi}{\partial z}$$

und führen statt des Volumenelementes $dx\,dy\,dz$ das Massenelement dM ein, so dass:

$$dx\,dy\,dz = dM . v'$$

wobei v' das Volumen der Masseneinheit bezeichnet, als Funktion von x, y, z gedacht, so haben wir als Gesammtarbeit der elastischen Kräfte:

$$\delta\,\Phi = -\int d\,M\,.\,v'\,.\,\left\{\begin{array}{l} X_x\,\delta x_x + X_y\,\delta x_y \\ + Y_y\,\delta y_y + Y_z\,\delta y_z \\ + Z_z\,\delta z_z + Z_x\,\delta z_x \end{array}\right\} \quad (6)$$

Wiewohl dieser Ausdruck äusserlich demjenigen gleicht, welcher in der Elasticitätstheorie die Arbeit der elastischen Kräfte darstellt, so unterscheidet er sich doch in dem wesentlichen Punkte von jenem, dass er nicht die **vollständige Variation** einer bestimmten Funktion Φ repräsentirt. Denn wenn man sich in ihm die Componenten der elastischen Kräfte als Funktionen der Grössen $x_x,\ x_y \ldots$ denkt, so hängen dieselben doch keinesfalls von diesen Grössen allein, sondern jedenfalls auch von der Temperatur ab; da nun aber die Variation der Temperatur: $\delta T'$ in dem Ausdruck gar nicht vorkommt, so kann derselbe nicht die vollständige Variation einer Funktion sein. Mit anderen Worten:

Die elastischen Kräfte, als abhängig von der Temperatur betrachtet, haben kein Potential. — Die Bedeutung dieser Thatsache wird sich unten auch noch in anderem Lichte zeigen.

Wenn demnach durch den Verlust des Potentials gewissermassen eine Einbusse an Anhaltspunkten für die Theorie erlitten wird, so gleicht sich derselbe doch vollkommen wieder aus und erscheint sogar als wesentlich geboten, sobald man die beiden Hauptsätze der mechanischen Wärmetheorie auf den vorliegenden Fall anwendet.

Anwendung des ersten Hauptsatzes.

Gehen wir von dem Gleichgewichtszustand aus, der durch die Temperatur T' und durch die Verschiebungen ξ, η, ζ charakterisirt ist, und denken uns denselben dadurch unendlich wenig verändert, dass eine unendlich kleine Wärmemenge δQ (nach mechanischem Maass gemessen) von Aussen dem Körper zugeführt wird, während zugleich irgendwelche Kräfte auf seine Oberfläche wirken. Hiedurch werde ein zweiter Gleichgewichtszustand erreicht, dem die Temperaturänderung $\delta T'$ und die Verschiebungsänderungen $\delta\xi, \delta\eta, \delta\zeta$ entsprechen.

Dann ist nach dem ersten Hauptsatze die von Aussen zugeführte Wärme δQ dazu verwandt worden, 1) um die Energie U des Körpers (Wärme $+$ innere Arbeit) zu vergrössern, 2) um äussere Arbeit zu leisten, so dass wir haben, wenn wir die letztere mit δW bezeichnen:

$$\delta Q = \delta U + \delta W \qquad (7)$$

In dieser Gleichung ist δU die vollständige Variation einer bestimmten Funktion derjenigen Grössen, welche den Zustand des Körpers bestimmen, während δW und δQ diese Eigenschaft im Allgemeinen nicht besitzen.

Wir wollen nun den Ausdruck für U abzuleiten suchen. Dies lässt sich unmittelbar bewerkstelligen unter einer Voraussetzung, welche auch in der Elasticitätstheorie gemacht wird, nämlich der, dass der Werth von U für den Anfangszustand, wie wir ihn am Eingang dieses Abschnitts definirt haben, bekannt ist, und dass die Verschiebungen ξ, η, ζ, welche den betrachteten Gleichgewichtszustand bestimmen, für alle Punkte sehr klein sind, den Dimensionen des Körpers gegenüber. In gleicher Weise setzen wir voraus, dass die Temperatur T' sich nur sehr wenig von der Anfangstemperatur T unterscheide, so dass, wenn wir setzen:

$$T' = T + \tau \qquad (8)$$

die Grösse τ sehr klein ist.

Wenn wir nun die Variabeln zusammenstellen, von denen die Energie U abhängig ist, so sind es 1) die Temperaturänderung τ, 2) die Verschiebungen ξ, η, ζ, als Functionen von x, y, z gedacht, denn diese bestimmen den Zustand des Körpers vollständig. Ausserdem werden natürlich noch gewisse constante Grössen in den Ausdruck von U eingehen, die von dem gewählten Anfangszustand abhängen.

Bilden wir zunächst den Ausdruck für die Energie dU eines Massenelementes dM, so wird dieselbe einmal dM proportional sein, und ausserdem von τ abhängen und den Werthen, welche die Grössen ξ, η, ζ für die verschiedenen Punkte dieses Elements haben.

Da wir aber, wie es auch in der Elasticitäts-Theorie

geschieht, annehmen, dass die Wirkungen der elastischen Kräfte im Innern des Körpers sich immer nur auf unendlich benachbarte Punkte erstrecken, so ergibt sich daraus, dass von den Grössen ξ, η, ζ höchstens die ersten Differenzialquotienten nach x, y, z in Betracht kommen, weil die mit höheren Abgeleiteten multiplicirten Glieder gegen die ersteren verschwindend klein sind.

Ferner kann dU auch nicht von den absoluten Grössen der Verschiebungen ξ, η, ζ des Elementes abhängen; denn wenn das Element in allen seinen Punkten ganz gleichmässig im Raume verschoben wird, so verändert sich dadurch seine Energie nicht.

Also bleiben als bestimmende Grössen des Werthes der Energie für ein Massenelement nur übrig: τ und die 9 ersten Abgeleiteten von ξ, η, ζ nach x, y, z.

Es ändert sich aber die Energie auch nicht, wenn der Körper, ohne eine Deformation zu erleiden, bei constanter Temperatur sich um irgend eine geradlinige Axe dreht. Daraus folgt, wie es aus der Elasticitätstheorie bekannt ist, dass die neun Differentialquotienten von ξ, η, ζ nur in folgenden 6 Formen auftreten:

$$\frac{\partial \xi}{\partial x} \qquad \frac{\partial \eta}{\partial y} \qquad \frac{\partial \zeta}{\partial z}$$

$$\frac{\partial \xi}{\partial y} + \frac{\partial \eta}{\partial x} \qquad \frac{\partial \eta}{\partial z} + \frac{\partial \zeta}{\partial y} \qquad \frac{\partial \zeta}{\partial x} + \frac{\partial \xi}{\partial z}$$

deren Bezeichnung mit x_x, y_y . . . . . . wir schon oben eingeführt haben.

Es wird daher bei einer unendlich kleinen Zustandsänderung die Energie dU des Elements dM sich um eine Grösse ∂dU ändern, welche aus 7 Gliedern besteht, deren jedes mit einer der 7 Variationen $\partial \tau$, ∂x_x, ∂y_y, ... multiplicirt ist.

Die Coeffizienten dieser Variationen sind natürlich im Allgemeinen selbst wieder Funktionen der 7 Grösen τ, x_x, x_y . . . . Da diese aber der Voraussetzung nach sehr klein sind, so sind es lineäre Funktionen dieser 7 Variabeln, und mithin ist d U eine quadratische Funktion derselben, deren Ausdruck wir nun aufstellen wollen.

Derselbe enthält zunächst ein constantes Glied, welches lediglich von dem gewählten Anfangszustande abhängt, dann Glieder, welche lineär, endlich solche, die quadratisch von den Variabeln abhängen.

Es ist klar, dass, da der Körper isotrop ist, die Funktion symmetrisch zusammengesetzt sein muss in Bezug auf diejenigen Variabeln, deren Bedeutung sich nur durch die Wahl der Coordinaten-Axen unterscheidet, also in Bezug auf x_x, y_y, z_z einerseits, und in Bezug auf x_y, y_z, z_x andrerseits. In Folge dessen reduciren sich die lineären Glieder auf zwei, deren eines τ, und deren anderes $(x_x + y_y + z_z)$ zum Faktor hat; denn das mit $(x_y + y_z + z_x)$ multiplicirte Glied, das allein noch möglich wäre, muss verschwinden. Vertauscht man nämlich die positive Richtung der X-Axe mit der negativen, so ändert sich x_y in $-x_y$, z_x in $-z_x$, während y_z seinen Werth behält. Da nun aber hiedurch an dem Werthe der Energie nichts geändert wird, so muss der Coeffizient von $(x_y + z_x)$, mithin auch der von $(x_y + y_z + z_x)$ den Werth 0 haben.

Die quadratischen Glieder endlich reduciren sich auf 5, nämlich

   1. ein Glied mit τ^2,
   2. ein Glied mit $\tau (x_x + y_y + z_z)$,
   3. ein Glied mit $(x_x + y_y + z_z)^2$,
   4. ein Glied mit $(x_x^2 + y_y^2 + z_z^2)$,
   5. ein Glied mit $(x_y^2 + y_z^2 + z_x^2)$.

Der Coefficient des letzten Gliedes ist die Hälfte des Coefficienten des vorletzten. — Die Betrachtungen, auf welchen diese Reduktion und die letztangeführte Bedingung beruht, gründen sich auf die Bedingung, dass der Körper isotrop ist, und werden ganz in derselben Weise in der Elasticitäts-Theorie bei der Bestimmung des Potentials der elastischen

Kräfte angestellt, so dass wir hier nicht näher darauf einzugehen brauchen.

Wir bekommen somit schliesslich für die Energie d U des Massenelementes d M, wenn wir noch zur Abkürzung die Dilatation der Volumeneinheit einführen:

$$\Theta = x_x + y_y + z_z$$

folgenden Ausdruck:

$$d\,U = d\,M \cdot \left\{ \begin{aligned} &\text{const.} + k \cdot \tau + 1 \cdot \Theta \\ &+ \frac{m}{2} \cdot \tau^2 + p \cdot \tau\,\Theta + \frac{q}{2} \cdot \Theta^2 \\ &+ r \cdot (x_x^2 + y_y^2 + z_z^2) + \frac{r}{2} \cdot (x_y^2 + y_z^2 + z_x^2) \end{aligned} \right\} \tag{9}$$

Bezeichnen wir den mit d M multiplicirten Ausdruck kurz mit u (spezifische Energie), so ergibt sich für die Energie des ganzen Körpers:

$$U = \int d\,M \cdot u \tag{10}$$

Hiebei sind die 6 Constanten k, l, m, p, q, r durch den Anfangszustand des Körpes bedingt und daher ganz unabhängig von der Lage des Massenelementes d M, so dass sie, eben so wie τ, vor das Integralzeichen gesetzt werden können.

Nun sind wir auch im Stande, den in der Gleichung (7) vorkommenden Ausdruck ∂U als Funktion der Bestimmungsstücke des Zustandes darzustellen. Man hat nämlich aus (10):

$$\partial U = \int d\,M \cdot \partial u$$

oder:

$$\partial U = \int d\,M \cdot \left\{ \begin{aligned} &\frac{\partial u}{\partial \tau} \partial\tau + \frac{\partial u}{\partial x_x} \partial x_x + \frac{\partial u}{\partial y_y} \partial y_y + \frac{\partial u}{\partial z_z} \partial z_z \\ &+ \frac{\partial u}{\partial x_y} \partial x_y + \frac{\partial u}{\partial y_z} \partial y_z + \frac{\partial u}{\partial z_x} \partial z_x \end{aligned} \right\} \tag{11}$$

Hiebei ist, wie man aus (9) ersieht:

$$\frac{\partial u}{\partial \tau} = k + m\,\tau + p\,.\,\Theta$$

$$\frac{\partial u}{\partial\, x_x} = l + p\,\tau + q\,.\,\Theta + 2\,r\,x_x$$

$$\frac{\partial u}{\partial\, y_y} = l + p\,.\,\tau + q\,.\,\Theta + 2\,r\,y_y$$

$$\frac{\partial u}{\partial\, z_z} = l + p\,\tau + q\,.\,\Theta + 2\,r\,z_z \qquad\left.\right\}\ (12)$$

$$\frac{\partial u}{\partial\, x_y} = r\,.\,x_y$$

$$\frac{\partial u}{\partial\, y_z} = r\,.\,y_z$$

$$\frac{\partial u}{\partial\, z_x} = r\,.\,z_x$$

Um von dem Werthe der Energie U direkt auf die Grösse der elastischen Kräfte selber zu schliessen, bietet der erste Hauptsatz der mechanischen Wärmetheorie keine Anhaltspunkte dar. Hiezu bedarf es vielmehr des zweiten Hauptsatzes, dessen Anwendung im Folgenden vorbereitet werden soll.

Das zweite Glied auf der rechten Seite der Gleichung (7), welches die geleistete äussere Arbeit ∂W darstellt, kann, im Gegensatze zu dem ersten Gliede ∂U, je nach den äusseren Umständen, unter denen die unendlich kleine Zustandsänderung vor sich geht, sehr verschiedene Werthe haben. Wir wollen aber nun ∂W für den besonderen Fall berechnen, dass die geleistete äussere Arbeit in der Ueberwindung derjenigen äusseren Kräfte besteht, welche den Körper gerade im Gleichgewicht halten. Dazu lässt sich mit Vortheil das Princip der virtuellen Geschwindigkeiten anwenden: da nämlich in diesem Falle die wirkenden äusseren Kräfte mit den elastischen Kräften zusammen das System im Gleichgewicht halten, so ist bei einer unendlich kleinen Zustands-Aenderung die von allen wirkenden Kräften geleistete Gesammtarbeit $= 0$, d. h.

$$\partial W + \partial \Phi = 0$$

wobei $\delta\Phi$, die Arbeit der elastischen Kräfte, durch die Gleichung (6) gegeben ist. Folglich:

$$\delta W = -\delta\Phi.$$

Substituirt man diesen Werth von δW in Gleichung (7), so ergibt sich:

$$\delta Q = \delta U - \delta\Phi \tag{13}$$

In dieser Gleichung ist δQ durch zwei Grössen ausgedrückt, welche durch den Zustand des Körpers und die unendlich kleine Zustandsänderung vollkommen bestimmt sind. Da aber, wie wir oben gesehen haben, $\delta\Phi$ nicht wie δU die Eigenschaft besitzt, die vollständige Variation einer bestimmten Funktion zu sein, so stellt auch δQ nicht eine solche Variation vor, d. h. die Gleichung ist in dieser Form nicht allgemein integrabel und kann es auch nach den Principien der mechanischen Wärmetheorie nicht sein. Denn die Wärmemenge, die einem Körper von Aussen zugeführt werden muss, damit er von irgend einem Zustand in einen endlich davon verschiedenen gelange, hängt bekanntlich nicht nur von den beiden Zuständen, sondern auch von dem Wege ab, auf welchem er aus dem einen in den anderen Zustand gebracht wird. Man erkennt daraus den Umstand, dass $\delta\Phi$ nicht die vollständige Variation einer Funktion ist, als eine nothwendige Consequenz der Theorie. Der zweite Hauptsatz lehrt nun den Faktor kennen, mit dem die Gleichung (13) multiplicirt werden muss, um allgemein integrabel zu sein, und zwar ist das bekanntlich der reciproke Werth der absoluten Temperatur.

Anwendung des zweiten Hauptsatzes.

Der in dieser Form zuerst von Clausius angegebene Satz lautet bekanntlich: Wenn ein Körper einen umkehrbaren Kreisprozess durchmacht, indem er theils Wärme von Aussen empfängt oder nach Aussen abgibt, theils durch äussere Kräfte deformirt wird, so gilt die Gleichung:

$$\int \frac{\delta Q}{T} = 0.$$

wobei δQ ein mitgetheiltes Wärmeelement, T' die Temperatur desselben bezeichnet, und das Integral über den ganzen Kreisprozess zu erstrecken ist. Da dieser aber umkehrbar ist, so hat der Körper in jedem Augenblicke die nämliche Temperatur, wie die gerade von Aussen aufgenommene Wärmemenge, folglich bezeichnet T' zugleich auch die Temperatur des Körpers bei der Aufnahme der Wärme δQ. Für δQ gilt aber die Gleichung (13), weil wegen der Umkehrbarkeit des Prozesses die äussere Arbeit in der Ueberwindung derjenigen äusseren Kräfte besteht, welche den Körper gerade im Gleichgewicht halten. Daher haben wir:

$$\int \frac{\delta U - \delta \Phi}{T'} = 0.$$

Diese Gleichung ist nur aus Bestimmungsstücken des Zustandes des Körpers zusammengesetzt und gilt immer, wenn die beiden Grenzen des Integrals dem nämlichen Zustand entsprechen, d. h. identisch sind. Daraus folgt direkt, dass, wenn die Grenzen verschieden sind, das Integral einen ganz bestimmten Werth hat, der nur von den Grenzen, nicht aber von dem Wege abhängt, über den integrirt wird, d. h. $\dfrac{\delta U - \delta \Phi}{T'}$ ist die vollständige Variation einer bestimmten Funktion, der Entropie. Bezeichnen wir diese mit S, so ergibt sich demnach:

$$\delta S = \frac{\delta U - \delta \Phi}{T'} \qquad (14)$$

Da wir die Ausdrücke für δU und $\delta \Phi$ bereits abgeleitet haben, so sind wir unmittelbar im Stande, die Bedingungen anzugeben, welche diese Gleichung den beiden Funktionen vorschreibt.

Wir wollen zunächst die Form des Ausdrucks aufstellen, den S haben muss. Bilden wir nämlich zuerst die Entropie dS des Massenelementes dM, so können wir ganz dieselben Betrachtungen zu Grunde legen, wie oben bei der Aufsuchung des Werthes von dU. Denn dort wurden keine weiteren Voraussetzungen gemacht, als dass der Körper isotrop ist, und dass die Temperatur-Aenderung τ und die Verschiebungen ξ, η, ζ, die vom Anfangszustand aus gerechnet werden, sehr klein sind. Wir können deshalb auch hier ganz analog der Gleichung (9) schreiben:

$$dS = dM . \left\{ \begin{aligned} &\text{const.} + k'.\tau + l'.\Theta \\ &+ \frac{m'}{2}.\tau^2 + p'.\tau\Theta + \frac{q'}{2}.\Theta^2 \\ &+ r'.(x_x^2 + y_y^2 + z_z^2) + \frac{r'}{2}(x_y^2 + y_z^2 + z_x^2) \end{aligned} \right\} \quad (15)$$

Die Constanten k', l', m', p', q', r' sind durch den Anfangszustand bedingt und haben daher für alle Punkte des Körpers dieselben Werthe.

Führen wir für den mit dM multiplicirten Ausdruck die Bezeichnung s (spezifische Entropie) ein, so ergibt sich als Entropie des Körpers:

$$S = \int dM . s$$

und hieraus folgt die Variation der Entropie bei einer unendlich kleinen Zustandsänderung:

$$\partial S = \int dM . \partial s$$

$$= \int dM . \left\{ \begin{aligned} &\frac{\partial s}{\partial \tau}\partial\tau + \frac{\partial s}{\partial x_x}\partial x_x + \frac{\partial s}{\partial y_y}\partial y_y + \frac{\partial s}{\partial z_z}\partial z_z \\ &+ \frac{\partial s}{\partial x_y}\partial x_y + \frac{\partial s}{\partial y_z}\partial y_z + \frac{\partial s}{\partial z_x}\partial z_x \end{aligned} \right\} \quad (16)$$

wobei die Werthe der Abgeleiteten von s sich direkt aus der rechten Seite der Gleichung (15) ergeben und sich von den Abgeleiteten von U, siehe (12), nur durch die (accentuirten) Constanten unterscheiden.

Berücksichtigen wir nun die aus (14) folgende Gleichung:

$$\partial U - \partial \Phi = T' . \partial S$$

und denken uns für ∂U, $\partial \Phi$ und ∂S aus (11), (6) und (16) ihre Werthe substituirt, so besteht jede Seite der Gleichung aus einem über alle Massenelemente des Körpers zu erstreckendem Integral, da auf der rechten Seite T' hinter das Integralzeichen gestellt werden darf. Weil nun aber die Zustandsänderung eine ganz willkührliche ist, und die Verschiebungen der einzelnen Masseuelemente nicht von einander abhängen, so gilt die Gleichung auch für jedes Masseneloment einzeln genommen. Wir erhalten daher mit Weglassung des Integralzeichens und des gemeinsamen Faktors dM folgende Relation:

$$\frac{\partial u}{\partial \tau}\delta\tau + \frac{\partial u}{\partial x_x}\delta x_x + \frac{\partial u}{\partial y_y}\delta y_y + \frac{\partial u}{\partial z_z}\delta z_z$$

$$+ \frac{\partial u}{\partial x_y}\delta x_y + \frac{\partial u}{\partial y_z}\delta y_z + \frac{\partial u}{\partial z_x}\delta z_x$$

$$+ v' X_x \delta x_x + v' Y_y \delta y_y + v' . Z_z \delta z_z$$

$$+ v' X_y \delta x_y + v' Y_z \delta y_z + v' . Z_x \delta z_x$$

$$= T' \frac{\partial s}{\partial \tau}\delta\tau + T' . \frac{\partial s}{\partial x_x}\delta x_x + T' . \frac{\partial s}{\partial y_y}\delta y_y + T' . \frac{\partial s}{\partial z_z}\delta z_z$$

$$+ T' . \frac{\partial s}{\partial x_y}\delta x_y + T' . \frac{\partial s}{\partial y_z}\delta y_z + T' . \frac{\partial s}{\partial z_x}\delta z_x$$

Da die einzelnen Variationen unabhängig von einander sind, so ergeben sich hieraus folgende 7 Gleichungen:

$$\frac{\partial u}{\partial \tau} = T' . \frac{\partial s}{\partial \tau} \qquad (17)$$

$$\frac{\partial u}{\partial x_x} + v' . X_x = T' . \frac{\partial s}{\partial x_x} \qquad (18)$$

$$\frac{\partial u}{\partial y_y} + v' . Y_y = T' . \frac{\partial s}{\partial y_y} \qquad (19)$$

$$\frac{\partial u}{\partial z_z} + v' . Z_z = T' . \frac{\partial s}{\partial z_z} \qquad (20)$$

$$\frac{\partial u}{\partial x_y} + v' . X_y = T' . \frac{\partial s}{\partial x_y} \qquad (21)$$

$$\frac{\partial u}{\partial y_z} + v' . Y_z = T' . \frac{\partial s}{\partial y_z} \qquad (22)$$

$$\frac{\partial u}{\partial z_x} + v' . Z_x = T' . \frac{\partial s}{\partial z_x} \qquad (23)$$

Nun substituiren wir in diese Gleichungen die Werthe der Abgeleiteten von u und s, wie sie sich aus den Gleichungen (12) direkt für u, und, mit Accentuirung der Constanten, gemäss (15), auch für s ergeben, ersetzen ferner T′ nach Gleichung (8) durch $T + \tau$, und endlich v′, das Volumen der Masseneinheit, durch $v \cdot (1 + \Theta)$, indem v das spezifische Volumen im Anfangszustand bezeichnet. Dann verwandelt sich die Gleichung (17) mit Vernachlässigung der kleinen Grössen 2. Ordnung in:

$$k + m\tau + p\Theta = Tk′ + Tm′\tau + Tp′\Theta + k′\tau$$

Da aber τ und Θ unabhängig von einander sind, so ergibt sich:

$$k = Tk′ \tag{24}$$
$$m = Tm′ + k′ \tag{25}$$
$$p = Tp′ \tag{26}$$

Aus Gleichung (18) folgt ferner, mit Vernachlässigung der Grössen 2. Ordnung:

$$1 + p\tau + q\Theta + 2rx_x + v \cdot (1 + \Theta) \cdot X_x$$
$$= Tl′ + Tp′\tau + Tq′\Theta + 2Tr′x_x + l′\tau$$

Daraus, mit Rücksicht auf (26)

$$X_x = \frac{Tl′ - 1}{v} + \frac{l′}{v} \cdot \tau - \frac{(q-1) - T(q′-1′)}{v} \cdot \Theta - \frac{2(r - Tr′)}{v} \cdot x_x \tag{27}$$

Analog aus (19) und (20) die Werthe von Y_y und Z_z. Endlich folgt aus (21):

$$rx_y + v \cdot (1 + \Theta) X_y = Tr′x_y$$

Daraus:

$$X_y = - \frac{r - Tr′}{v} \cdot x_y \tag{28}$$

Analog aus (22) und (23) die Werthe von Y_z und Z_x.

Wir wollen die in diesen Ausdrücken vorkommenden Constanten ersetzen durch andere, welche theils Vereinfachungen bewirken, theils der experimentellen Bestimmung direkt zugänglich sind. Wenn τ und alle Verschiebungen $= o$ gesetzt werden, so erhalten wir die dem **Anfangszustand** entsprechenden Gleichungen, nämlich nach (27)

$$X_x = \frac{Tl′ - 1}{v} = Y_y = Z_z \tag{29}$$

und nach (28)

$$X_y = 0 = Y_z = Z_x$$

Also reduciren sich im Anfangszustand die elastischen Kräfte auf einen, überall gleichen, senkrecht auf jedes Flächenelement wirkenden Druck. Bezeichnen wir diesen mit P, so ergibt sich:

$$P = \frac{T\,l' - l}{v} \qquad (30)$$

Aus den Gleichgewichtsbedingungen (3) folgt, dass dieser Anfangsdruck numerisch gleich und entgegengesetzt ist dem äusseren Drucke. Dabei bedeutet, wie schon dort hervorgehoben wurde, ein p o s i t i v e r Werth von P einen Zustand, bei dem der Körper sich a u s z u d e h n e n strebt, ein n e g a t i v e r Werth von P dagegen einen Zustand, bei dem die inneren elastischen Kräfte eine Z u s a m m e n z i e h u n g zu bewirken suchen. Der Sinn, in welchem hier die elastischen Kräfte gezählt werden, ist also entgegengesetzt dem in der Elasticitätstheorie gewöhnlich angenommenen.

Aendern wir nun den Zustand des Körpers, doch so, dass seine Temperatur constant bleibt, also $\tau = 0$ ist, so erhalten wir die Bedingungen, welche für die Elasticitätstheorie gelten. Wir wollen daher auch die dort gebräuchlichen Bezeichnungen hier beibehalten, indem wir in der Gleichung (27) die mit θ und x_x multiplicirten Constanten resp. mit λ und $2\,\mu$ bezeichnen, so dass wir haben:

$$\lambda = \frac{(q - l) - T\,(q' - l')}{v}$$

$$\mu = \frac{r - Tr'}{v}$$

Dann wird aus (27) mit Rücksicht auf (30):

$$X_x = P + \frac{l'}{v} \cdot \tau - \lambda \cdot \theta - 2\,\mu \cdot x_x \qquad (31)$$

und aus (28):

$$X_y = -\,\mu \cdot x_y \qquad (32)$$

Die negativen Vorzeichen der mit λ und μ multiplicirten Glieder sind bedingt durch den Sinn der elastischen Kräfte.

Endlich wollen wir noch den Wärme-Ausdehnungs-coeffizienten des Körpers bei dem constanten Drucke P in die Rechnung einführen. Bezeichnen wir das Verhältniss der Aenderung des spezifischen Volumens zur Aenderung der Temperatur bei dem constanten Drucke P mit α, so können wir schreiben:

$$\alpha = \left(\frac{v' - v}{T' - T}\right)_P = v \left(\frac{\theta}{\tau}\right)_P \qquad (33)$$

Dabei ist der Quotient $\left(\dfrac{\theta}{\tau}\right)_P$ der kubische Wärme-Ausdehnungscoeffizient. Es empfiehlt sich jedoch für später als bequemer, nicht diesen, sondern die mit α bezeichnete Grösse einzuführen.

Der Werth von $\left(\dfrac{\theta}{\tau}\right)_P$ ergibt sich aus Gleichung (31), wenn man darin $X_x = P$ setzt. Also:

$$0 = \frac{1}{v} \cdot \tau - \lambda \cdot \theta - 2\mu \cdot X_x$$

Nun ist aber bei der Ausdehnung durch Erwärmung bei constantem Druck, da alle Theile des Körpers sich proportional ausdehnen, immer:

$$X_x = Y_y = Z_z, \ \text{folglich}$$

$$X_x = \frac{\theta}{3}$$

mithin substitutione:

$$0 = \frac{1}{v} \cdot \tau - \lambda\,\theta - \frac{2}{3}\mu \cdot \theta$$

Daher:

$$\left(\frac{\theta}{\tau}\right)_P = \frac{3\,1}{v \cdot (3\lambda + 2\mu)}$$

Also aus (33):

$$\alpha = \frac{3\,1}{3\lambda + 2\mu}$$

Folglich:

$$1 = \alpha \cdot \left(\lambda + \frac{2}{3}\mu\right) \qquad (34)$$

Mittelst dieses Werthes von l' ergibt sich aus (30) der Werth von l:

$$l = \alpha \cdot \left(\lambda + \frac{2}{3}\mu \right) \cdot T - P v \qquad (35)$$

und aus (31) der Werth von X_x:

$$X_x = P + \frac{\alpha \cdot (3\lambda + 2\mu)}{3v} \cdot \tau - \lambda\,\Theta - 2\mu\,x_x \qquad (36)$$

Analog Y_y und Z_z.

Wir wollen nun auch noch die Energie und die Entropie des Körpers mittelst der eingeführten Constanten berechnen:

Für Erstere haben wir:

$$U = \int d M \cdot u$$

Zählt man die Energie vom Anfangszustande ab, so erhält man aus (9) mit Vernachlässigung der kleinen Glieder 2. Ordnung für die spezifische Energie den Werth:

$$u = k \cdot \tau + l \cdot \Theta$$

Der Werth von l aus (35) eingesetzt ergibt:

$$u = k \cdot \tau + \left| \alpha \cdot (\lambda + \frac{2}{3}\mu) T - P \cdot v \right| \cdot \Theta \qquad (37)$$

Die Constante k lässt sich nicht aus der Beobachtung der elastischen Kräfte bestimmen, weil sie in ihren Gleichungen nicht vorkommt.

Analog erhält man für die spezifische Entropie, wenn man auch sie vom Anfangszustand ab zählt, aus (15):

$$s = k' \tau + l' \Theta$$

und wenn man für k' und l' aus (24) und (34) ihre Werthe substituirt:

$$s = \frac{k}{T} \tau + \alpha \cdot \left(\lambda + \frac{2}{3}\mu \right) \cdot \Theta \qquad (38)$$

Mittelst der Werthe von U und S lassen sich die spezifischen Wärmen des Körpers bei constantem Volumen und bei constantem Druck berechnen. Was die erstere Grösse betrifft, so ergibt sie sich unmittelbar, wenn man berücksichtigt, dass die Wärmezufuhr bei constantem Volumen dadurch bedingt ist, dass keine äussere Arbeit geleistet wird, also die ganze zugeführte Wärmemenge Q zur Vergrösserung der Energie beiträgt, d. h.

$$Q = U$$

Da ferner für diesen Fall $\Theta = 0$, so reducirt sich die spezifische Energie nach (37) auf:

$$u = k \cdot \tau$$

mithin ist die Energie:

$$U = k \tau M$$

Wir haben somit für die spezifische Wärme bei constantem Volumen, wenn wir das Verhältniss der der Masseneinheit zugeführten Wärmemenge zur Temperaturerhöhung berechnen:

$$\frac{Q}{M \tau} = k$$

Wir können also die Constante k geradezu definiren als die spezifische Wärme bei constantem Volumen. Sie ist, wie alle hier vorkommenden Constanten, im Allgemeinen von dem gewählten Anfangszustand abhängig.

Auf ähnlichem Wege findet man den Werth der spezifischen Wärme des Körpers bei dem constanten Druck P. Bezeichnet wieder Q die von Aussen zugeführte Wärme, so ergibt sich die gesuchte Grösse am bequemsten aus der Gleichung:

$$S = \frac{Q}{T}$$

welche hier deshalb gilt, weil die betrachtete Zustandsänderung als sehr klein vorausgesetzt wird, und weil die äussere Arbeit in der Ueberwindung derjenigen Kräfte besteht, welche den Körper gerade im Gleichgewicht halten. Wir haben daher:

$$Q = T \cdot S = T \cdot \int d M \cdot s$$

oder mittelst (38)

$$Q = k \tau M + \varkappa \cdot \left(\lambda + \frac{2}{3} \mu \right) \cdot T \cdot \int d M \cdot \Theta$$

Der Werth von Θ ergibt sich aus (33):
(Ausdehnung durch Erwärmung bei constantem Druck P).

$$\Theta = \frac{\alpha\,\tau}{v}$$

folglich subst.

$$Q = k\,\tau\,M + \frac{\alpha^2\,T}{v}\left(\lambda + \frac{2}{3}\,\mu\right)\cdot\tau\,M$$

Daraus endlich die spezifische Wärme c bei constantem Druck, d. h. das Verhältniss der der Masseneinheit zugeführten Wärme zur Temperaturerhöhung:

$$c = \frac{Q}{M\,\tau} = k + \frac{\alpha^2\,T}{v}\cdot\left(\lambda + \frac{2}{3}\,\mu\right)$$

Also die Differenz der beiden spezifischen Wärmen:

$$c - k = \frac{\alpha^2\,T}{v}\left(\lambda + \frac{2}{3}\,\mu\right) \qquad (39)$$

Wir wollen nun einige kurze Anwendungen der abgeleiteten Gleichungen machen.

1) Feste Körper.

Als Anfangszustand können wir den natürlichen Zustand des Körpers bei irgend einer mittleren Temperatur wählen; dann ist $P = 0$ zu setzen, und die Ausdrücke für die elastischen Kräfte werden:

Aus (36):

$$X_x = \frac{\alpha}{v}\cdot\left(\lambda + \frac{2}{3}\,\mu\right)\cdot\tau - \lambda\,\Theta - 2\,\mu\,x_x \qquad (40)$$

Analog Y_y und Z_z.

Ferner aus (32):

$$X_y = -\,\mu\,x_y$$

Analog Y_z und Z_x

Es sollen nun die Gesetze der kubischen Compression und der Zugelasticität abgeleitet werden unter der Annahme, dass sich die Temperatur im Allgemeinen mitändert.

Für die k u b i s c h e C o m p r e s s i o n erhalten wir, da alle Theile des Körpers proportional zusammengedrückt werden:

$$X_x = Y_y = Z_z = \frac{\Theta}{3}$$

$$X_y = Y_z = Z_x = 0$$

Daraus die entstehenden elastischen Kräfte nach (40):

$$X_x = \frac{\alpha}{v} \cdot \left(\lambda + \frac{2}{3} \mu \right) \cdot \tau - \lambda \cdot \Theta - \frac{2}{3} \mu \cdot \Theta$$

$$= \left(\lambda + \frac{2}{3} \mu \right) \cdot \left(\frac{\alpha \tau}{v} - \Theta \right) = Y_y = Z_z \quad (41)$$

z. B. finden wir für $\Theta = 0$ den Druck, den der Körper ausübt, wenn er bei constantem Volumen erwärmt wird:

$$X_x = \left(\lambda + \frac{2}{3} \mu \right) \cdot \frac{\alpha \tau}{v}$$

Für die **Zugelasticität** ferner hat man, wenn die X-Axe als die Richtung des Zuges angenommen wird, folgende Werthe:

$$X_x = a \qquad\qquad X_y = 0$$
$$Y_y = - b \qquad\qquad Y_z = 0$$
$$Z_z = - b \qquad\qquad Z_x = 0$$

wobei a die Dilatation der Längeneinheit, 2 b die Contraktion der Querschnittseinheit bezeichnet. Hieraus folgt:

$$\Theta = a - 2 b$$

und aus (40) die Werthe der elastischen Kräfte:

$$X_x = \frac{\alpha}{v} \cdot \left(\lambda + \frac{2}{3} \mu \right) \cdot \tau - \left(\lambda + 2 \mu \right) \cdot a + 2 \lambda \cdot b$$

$$Y_y = Z_z = \frac{\alpha}{v} \cdot \left(\lambda + \frac{2}{3} \mu \right) \tau - \lambda \cdot a + 2 (\lambda + \mu) b$$

Berücksichtigt man die Oberflächenbedingungen, so ergibt sich, dass diejenigen elastischen Kräfte, welche nicht in der Richtung des Zuges wirken, $= 0$ sind; daher:

$$\frac{\alpha}{v} \cdot \left(\lambda + \frac{2}{3} \mu \right) \tau - \lambda a + 2 (\lambda + \mu) b = 0$$

Daraus:

$$2 b = \frac{3 \lambda v \cdot a - (3 \lambda + 2 \mu) \alpha \tau}{3 (\lambda + \mu) \cdot v} \quad (42)$$

und folglich die elastische Spannung in der Richtung des Zuges:

$$X_x = - \frac{\mu \cdot (3\lambda + 2\mu)}{\lambda + \mu} \cdot \left(a - \frac{\alpha\tau}{3v} \right) \qquad (43)$$

Für $a = o$ z. B. erhalten wir aus dieser Gleichung die Spannung, welche in der Längsrichtung eines Stabes entsteht, wenn man ihn erwärmt und dabei seine Längenausdehnung durch äusseren Druck verhindert, während man ihm jedoch die Ausdehnung des Querschnittes gestattet. Dann ist dieser Druck:

$$X_x = \frac{\mu (3\lambda + 2\mu)}{3 (\lambda + \mu)} \cdot \frac{\alpha\tau}{v}$$

und die entsprechende Dilatation der Querschnittseinheit beträgt nach (42):

$$-2 b = \frac{3\lambda + 2\mu}{3 (\lambda + \mu)} \cdot \frac{\alpha\tau}{v}$$

Daraus die einfache Beziehung:

$$X_x = - 2 b \cdot \mu$$

Ebenso könnte man etwa die Bedingung $b = o$ oder $\Theta = o$ einführen.

Wird der Körper einer Zustandsänderung unterworfen, ohne dass ihm Wärme von Aussen mitgetheilt oder entzogen wird, so ändert sich im Allgemeinen seine Temperatur. Die für diesen Fall geltende Bedingung erhält man dadurch, dass man die Entropie-Aenderung, welche ja der von Aussen zugeführten Wärme proportional ist, $= o$ setzt. Also:

$$S = \int d M \cdot s = o$$

oder nach (38):

$$\frac{k}{T} \tau \cdot M + \alpha \cdot \left(\lambda + \frac{2}{3} \mu \right) \cdot \int \Theta \, d M = o$$

Ist Θ für alle Punkte des Körpers gleichwerthig, so vereinfacht sich die Gleichung zu:

$$\frac{k}{T} \cdot \tau + \alpha \left(\lambda + \frac{2}{3} \mu \right) \Theta = o. \qquad (44)$$

Betrachten wir z. B. den Fall der kubischen Compression unter der Voraussetzung, dass keine Wärme nach Aussen abgegeben wird, und suchen die durch die Compression eintretende Temperaturerhöhung, so gelten die Gleichungen (41) und (44).

Aus ihnen ergibt sich, wenn man zur Vereinfachung mittelst (39) auch die spezifische Wärme c bei constantem Druck einführt, die Temperaturerhöhung:

$$\tau = \frac{\alpha\,T}{c} \cdot X_x$$

ferner die Compression der Volumeneinheit:

$$\Theta = -\frac{k}{c} \cdot \frac{3}{3\,\lambda + 2\,\mu} \cdot X_x$$

Analog ergeben sich die für die Zugelasticität geltenden Gesetze, wenn keine Wärme von Aussen zugeführt wird. Für diesen Fall gelten die Gleichungen (42), (43) und (44), aus denen man mit Benutzung der Gleichung (39) die Temperaturänderung erhält:

$$\tau = \frac{\alpha\,T}{3\,c} \cdot X_x$$

wobei X_x im Falle des Zuges negativ ist.

Ferner die Längendilatation:

$$a = -\frac{1}{3}\left(\frac{1}{\mu} + \frac{k}{c} \cdot \frac{1}{3\,\lambda + 2\,\mu}\right) X_x$$

Die Querkontraktion:

$$2\,b = -\frac{1}{3} \cdot \left(\frac{1}{\mu} - \frac{k}{c} \cdot \frac{2}{3\,\lambda + 2\,\mu}\right) X_x$$

Durch Subtraktion der beiden letzten Gleichungen ergibt sich die Volumendilatation:

$$\Theta = a - 2\,b = -\frac{k}{c} \cdot \frac{X_x}{3\,\lambda + 2\,\mu}$$

und durch Division derselben findet sich das Verhältniss der Querkontraktion zur Längendilatation:

$$\frac{2\,b}{a} = \frac{(3\,\lambda + 2\,\mu)\,c - 2\,\mu\,k}{(3\,\lambda + 2\,\mu)\,c + \mu\,k}$$

Je grösser die Differenz der beiden spezifischen Wärmen ist, um so erheblicher weichen die hier berechneten Grössen von denjenigen ab, welche die Bedingungen der Zugelasticität bei constanter Temperatur ausdrücken, und welche man direkt durch Substitution von $\tau = 0$ in die Gleichungen (42) und (43) erhält.

2) Tropfbare Flüssigkeiten.

Für tropfbare Flüssigkeiten vereinfachen sich die Ausdrücke der elastischen Kräfte insofern, als dieselben in Gleichgewichtszuständen immer nur senkrecht auf ein Flächenelement wirken. Wir haben daher allgemein:

$$X_y = 0 = Y_z = Z_x$$

und in Folge dessen nach (32):

$$\mu = 0.$$

Nehmen wir wieder als Anfangsdruck $P = 0$ an, so wird nach (36):

$$X_x = \lambda \cdot \left(\frac{\alpha}{V} \tau - \Theta \right) = Y_y = Z_z \qquad (45)$$

Der Werth von X_x muss dann nach den Gleichgewichtsbedingungen im Innern: (1) in jedem Punkt des Körpers der nämliche sein, und folglich ist auch die Volumendilatation Θ ebenfalls für alle Punkte gleichwerthig.

Der Ausdruck der Entropie vereinfacht sich nach (38) zu:

$$S = \frac{k}{T} \tau M + \alpha \lambda \Theta M \qquad (46)$$

und die Differenz der spezifischen Wärmen wird aus (39):

$$c - k = \frac{\alpha^2 T}{V} \cdot \lambda \qquad (47)$$

Die physikalische Bedeutung von λ ergibt sich aus (45), wenn man darin $\tau = 0$ setzt:

$$X_x = - \lambda \cdot \Theta$$

λ stellt also den reciproken Werth des Compressionscoeffizienten bei constanter Temperatur dar. Ferner ergibt sich für $\Theta = 0$ aus (45) der Druck, den die Flüssigkeit ausübt, wenn sie bei constantem Volumen erwärmt wird:

$$X_x = \frac{\alpha \lambda}{V} \cdot \tau$$

Wird bei der Compression keine Wärme nach Aussen abgegeben, so ist die Entropie-Aenderung $= 0$ zu setzen, mithin nach (46):

$$\frac{k\,\tau}{T} + \alpha\,\lambda\,\theta = 0$$

Hieraus und aus (45) findet man die durch die Compression bewirkte Temperaturänderung, wenn man noch aus (47) c einführt:

$$\tau = \frac{\alpha\,T}{c} \cdot X_x$$

und die Compression der Volumeneinheit:

$$\theta = -\frac{k}{c} \cdot \frac{X_x}{\lambda}$$

3) Dämpfe und Gase.

Hier ändern sich die Formeln insofern, als der dem Anfangszustand entsprechende Druck P nicht, wie bei den Flüssigkeiten und festen Körpern, $= 0$ angenommen werden kann. Im Uebrigen gelten dieselben Formeln, wie bei den tropfbaren Flüssigkeiten, indem wieder $\mu = 0$ ist. Wir haben also nach (36):

$$X_x = Y_y = Z_z = P + \lambda \cdot \left(\frac{\alpha}{v}\,\tau - \theta\right)$$

Ferner die spezifische Entropie nach (38):

$$s = \frac{k\,\tau}{T} + \alpha\,\lambda\,\theta$$

Die spezifische Energie nach (37):
$$u = k\,\tau + (\alpha\,\lambda\,T - P\,v)\,\theta$$

Endlich die Differenz der beiden spezifischen Wärmen nach (39):

$$c - k = \frac{\alpha^2\,\lambda\,T}{v}$$

Diese Gleichungen gelten natürlich ganz unabhängig davon, wie sich ein Dampf oder Gas zum Mariotte- und Gay Lussac'schen Gesetz verhält; dafür erstreckt sich ihr Giltigkeitsbereich auch nur auf sehr kleine Zustandsänderungen.

Die Anwendungen dieser Formeln auf das Verhalten eines gasförmigen Körpers bei constantem Volumen, bei constantem Druck, constanter Temperatur, constanter Entropie, constanter Energie (Ausdehnung ohne Ueberwindung äusseren Druckes) ergeben sich unmittelbar.

Bisher haben wir immer nur sehr kleine Zustandsänderungen betrachtet; indess lassen sich die gemachten Untersuchungen in gewisser Beziehung auch auf beliebig grosse Zustandsänderungen ausdehnen, wenn wir nämlich den Anfangszustand des betrachteten Körpers als variabel ansehen.

Dieser Anfangszustand unterliegt nach den am Eingang dieses Abschnitts gemachten Voraussetzungen keiner anderen Bedingung, als dass in ihm der Körper vollständig homogen ist und dass auf seine Oberfläche ein normaler, überall gleicher, im Uebrigen beliebig grosser, Druck wirkt. Hieraus folgt, wie wir an Gleichung (29) gesehen haben, dass im Anfangszustand auch die inneren Kräfte des Körpers sich auf einen überall gleichen, senkrecht auf jedes Flächenelement wirkenden Druck reduciren, der dem äusseren gleich und entgegengesetzt ist.

Wir haben also bei einem bestimmten Körper die Wahl zwischen unendlich vielen Zuständen, deren jeden wir als Anfangszustand den abgeleiteten Gleichungen zu Grunde legen können. Suchen wir nun festzustellen, durch welche Grössen ein solcher Zustand, der als Anfangszustand dienen kann, vollkommen bestimmt ist.

In der Einleitung haben wir die Voraussetzung ausgesprochen, dass der Zustand eines isotropen Körpers von bestimmter chemischer Zusammensetzung und bestimmter Masse vollkommen bestimmt ist, wenn man 1) seine Temperatur, 2) die Lage aller seiner kleinsten Theilchen kennt. Daraus ist zu schliessen, dass ein solcher Zustand, wie wir ihn hier zu betrachten haben, in welchem der Körper vollständig homogen ist, und eine nach allen Richtungen gleiche elastische Kraft in seinem Innern wirkt, vollständig bestimmt ist durch

den Werth 1) der Temperatur, 2) des Volumens, welches die
Masseneinheit einnimmt; denn durch letzteres ist die Lage
aller Massentheilchen gegeben, weil dieselben in diesem Falle
den Körper nach allen Richtungen hin ganz gleichartig erfüllen.

Wir können daher annehmen, dass der Anfangszustand,
für den die abgeleiteten Gleichungen gelten, bestimmt ist,
wenn von einem isotropen Körper mit bestimmter chemischer
Zusammensetzung und bestimmter Masse gegeben ist die
Temperatur T und das spezifische Volumen v.

Daher sind für einen bestimmten Körper alle in den
obigen Gleichungen vorkommenden Constanten, als der Anfangsdruck P, die Elasticitätscoeffizienten λ und μ, der
Wärme-Ausdehnungscoeffizient α, die spezifischen Wärmen
c und k, da sie nur von dem gewählten Anfangszustand abhängen,
Funktionen von T und v, und wir wollen nun die Folgerungen ziehen, die sich aus jenen Gleichungen unter Benutzung
dieses Umstandes ergeben.

Wenn wir nämlich den Anfangszustand unendlich wenig
ändern, dadurch, dass wir T und v in $T + dT$ und $v + dv$
übergehen lassen, so können wir auf diese Zustandsänderung,
weil sie unendlich klein ist, alle oben abgeleiteten Gleichungen
anwenden und erhalten dadurch die entsprechende Aenderung
des Druckes, der Energie und der Entropie. Dabei ist zu
setzen:

$$\tau = dT$$

$$\Theta = \frac{dv}{v}, \quad \text{endlich:}$$

$$X_x = Y_y = Z_z = P + dP$$

$$X_y = Y_z = Z_x = 0$$

Denn da der Körper auch nach der Zustandsänderung
wieder die Eigenschaften eines Anfangszustandes haben soll,
muss in seinem Innern der Druck wieder überall gleich und
senkrecht auf jedes Flächenelement gerichtet sein.

Setzt man diese Werthe zunächst in die Gleichungen
(36) und (32) ein, so erhält man einmal:

$$x_x = y_y = z_z \text{ also} = \frac{\Theta}{3} = \frac{d\,v}{3\,v}$$

$$x_y = y_z = z_x = 0.$$

Dann:

$$d\,P = \frac{\alpha}{v} \cdot \left(\lambda + \frac{2}{3}\,\mu\right)d\,T - \frac{1}{v}\left(\lambda + \frac{2}{3}\,\mu\right)d\,v.$$

Bezeichnen wir die partiellen Differentialquotienten von P nach T und v mit $\dfrac{\partial P}{\partial T}$ und $\dfrac{\partial P}{\partial v}$, so ergibt sich hieraus:

$$\frac{\partial P}{\partial T} = \frac{\alpha}{v}\left(\lambda + \frac{2}{3}\,\mu\right) \tag{48}$$

$$\frac{\partial P}{\partial v} = -\frac{1}{v} \cdot \left(\lambda + \frac{2}{3}\,\mu\right)$$

Folglich:

$$\frac{\partial P}{\partial T} = -\alpha \cdot \frac{\partial P}{\partial v} \tag{49}$$

Ferner erhalten wir aus (37) die entsprechende Aenderung der spezifischen Energie u:

$$d\,u = k\,d\,T + \left\{\alpha\left(\lambda + \frac{2}{3}\,\mu\right)T - P\,v\right\} \cdot \frac{d\,v}{v}$$

oder nach (48):

$$d\,u = k\,d\,T + \left(T \cdot \frac{\partial P}{\partial T} - P\right)d\,v.$$

Daraus:

$$\frac{\partial u}{\partial T} = k, \tag{50}$$

$$\frac{\partial u}{\partial v} = T \cdot \frac{\partial P}{\partial T} - P. \tag{51}$$

Differenziirt man diese beiden Gleichungen partiell resp. nach v und T und setzt die so erhaltenen beiden Ausdrücke für $\dfrac{\partial^2 u}{\partial T\,\partial v}$ einander gleich, so erhält man:

$$\frac{\partial k}{\partial v} = T \cdot \frac{\partial^2 P}{\partial T^2} \tag{52}$$

Für die spezifische Entropie endlich hat man nach (38) mit Benutzung von (48):

$$d\,s = \frac{k}{T}\,d\,T + \frac{\partial\,P}{\partial\,T}\,d\,v, \qquad (53)$$

so dass

$$\frac{\partial\,s}{\partial\,T} = \frac{k}{T}$$

$$\frac{\partial\,s}{\partial\,v} = \frac{\partial\,P}{\partial\,T}$$

Durch Vergleichung der Ausdrücke für d u und d s erhält man unmittelbar:

$$d\,s = \frac{d\,u + P\,.\,d\,v}{T} \qquad (54)$$

Fügen wir noch die für die beiden spezifischen Wärmen
geltende Gleichung (39) bei, wie sie sich unter Benutzung
der Gleichung (48) darstellt:

$$c - k = \alpha\,T\,.\,\frac{\partial\,P}{\partial\,T} \qquad (55)$$

so haben wir genau die in der mechanischen Wärmetheorie
für einen homogenen, durch Temperatur und Volumen in
seinem Zustande bestimmten Körper geltenden Gleichungen,
welche hier keinen Anlass zu weiteren Folgerungen bieten
und erst im nächsten Abschnitt zu mehrfacher Anwendung
kommen werden.

II. Abschnitt.

Hinreichende Gleichgewichtsbedingungen.

Wir haben im Vorhergehenden die Bedingungen entwickelt, welche für einen isotropen Körper nothwendig gelten müssen, wenn er sich im Gleichgewicht befindet. Diese Bedingungen wurden abgeleitet aus dem Grundsatze, dass in jedem Gleichgewichtszustand eines jeden Körpers

1. die Temperatur im ganzen Körper überall die nämliche ist, und
2. jedes Körperelement, wenn man es als starr betrachtet, durch die auf seine Seitenflächen wirkenden Kräfte im Gleichgewicht gehalten wird.

Auf diese Bedingungen wurden die beiden Hauptsätze der mechanischen Wärmetheorie angewendet.

Wenn wir uns, wie in der Folge immer geschehen soll, auf die Betrachtung solcher Zustände eines isotropen Körpers beschränken, in denen die von Aussen auf die Oberfläche wirkenden Kräfte überall gleich und normal auf dieselbe gerichtet sind, so reducirt sich die zweite der beiden angeführten nothwendigen Gleichgewichtsbedingungen darauf, dass die im Innern des Körpers wirkenden Kräfte in einem überall gleichen, auf jedes Flächenelement senkrecht wirkenden Druck bestehen, der gleich und entgegengesetzt ist dem äusseren Druck.

Untersuchen wir nun aber, ob diese Bedingungen auch hinreichend sind zum Gleichgewicht, d. h. stellen wir ungekehrt die Frage: Wenn ein isotroper Körper sich in einem Zustand befindet, in dem seine Temperatur überall die nämliche ist und ein überall gleicher, auf jedes Flächenelement senkrechter Druck in seinem Innern wirkt, der gleich und entgegengesetzt ist dem äusseren Druck, ist dann dieser Zustand immer ein Gleichgewichtszustand? — so lehrt die Erfahrung, dass diese Frage zu verneinen ist. Denn es gibt z. B. bekanntlich für jeden Dampf eine unendliche Anzahl von Zuständen, in denen er gar nicht in homogener Form existiren kann, während man doch annehmen muss, dass in jedem Falle, wo ein Dampf vollständig homogen und seine Temperatur überall dieselbe ist, auch der Druck in seinem Innern nach allen Richtungen ganz gleichmässig wirkt. Wenn man aber versucht, einen Dampf in einen solchen (übersättigten) Zustand zu bringen, d. h. wenn man ihm eine entsprechende Temperatur und ein entsprechendes Volumen zuertheilt, so nimmt er keine homogene Gestalt an, sondern schlägt sich zum Theil in der Form eines anderen Aggregatzustandes nieder. Gleiches gilt von Flüssigkeiten und festen Körpern; auch bei ihnen gibt es Zustände, in denen sie vollständig homogen und von gleichmässiger Temperatur sind, aber trotzdem sich nicht im Gleichgewicht befinden, sondern zum Theil verdampfen oder schmelzen.

Eine andere hier bemerkenswerthe Thatsache ist die, dass Fälle vorkommen, wo ein Körper in homogener Form sich zwar im Gleichgewicht befindet, wo aber dies Gleichgewicht nur ein labiles ist und bei dem geringsten äusseren Anlass gestört wird, welche Erscheinung z. B. am Wasser beobachtet wird, wenn man es bei gewöhnlichem Druck sich unter 0° C. abkühlen lässt.

Wir sehen also, dass die Gleichmässigkeit der Temperatur und des Druckes im Innern eines Körpers noch keineswegs hinreichend ist zum stabilen Gleichgewicht, dass vielmehr dies Gleichgewicht manchmal nur ein labiles ist, manchmal überhaupt nicht existirt. Daher wollen wir im Folgenden die Bedingungen aufsuchen, welche für das Gleichgewicht vollkommen genügen, ferner die unterscheidenden Merkmale des stabilen und des labilen Gleichgewichts aufstellen. Was wir voraussetzen, ist nur dies, dass ein jeder Zustand eines bestimmten isotropen Körpers, in welchem derselbe vollständig homogen ist und eine nach allen Richtungen gleichmässige Druck- und Temperatur-Vertheilung im Innern besitzt, sei es ein Gleichgewichtszustand oder nicht, vollkommen bestimmt ist durch die Masse, die Temperatur und das spezifische Volumen, dass also die übrigen Bestimmungsstücke des Zustandes, wie Druck-, Energie-, Entropie-, bestimmte eindeutige Funktionen dieser Grössen sind.

Die vorliegende Aufgabe lässt sich am bequemsten folgendermassen präcisiren: Wir denken uns irgend einen Körper von bestimmter Masse in ein bestimmtes Volumen eingeschlossen und ihm (etwa durch Mittheilung oder Entziehung von Wärme) eine bestimmte Energie mitgetheilt; dann suchen wir den, oder wenn es mehrere sind, die Gleichgewichtszustände zu bestimmen, welche der den angegebenen Umständen unterworfene Körper annehmen kann, und zugleich die Bedingungen anzugeben, unter denen das Gleichgewicht stabil oder labil ist.

Die Durchführung dieser Untersuchung wird ermöglicht durch die Anwendung des Princips, welches die allgemeinste Form des zweiten Hauptsatzes der mechanischen Wärmetheorie bildet. Dasselbe lautet nach der von mir versuchten Fassung und ausführlichen Begründung folgendermassen:

Denkt man sich eine Gruppe von Körpern in zwei beliebigen Zuständen und bezeichnet die Summe der Entropieen der Körper im 1. Zustand mit S_1, im 2. Zustand mit S_2, so ist, falls $S_2 > S_1$, in der Natur immer ein Prozess möglich, der sämmtliche Körper aus dem ersten Zustand genau in den zweiten überführt, während in entgegengesetzter Richtung kein Prozess möglich ist. Dabei ist vorausgesetzt, dass die beiden Summen der Entropieen sich auf alle Körper erstrecken, die sich in beiden Zuständen unter irgendwie verschiedenen Umständen befinden.

Man kann diesen Satz nach Clausius auch kurz so aussprechen: die Natur strebt darnach, die Summe der Entropieen aller Körper zu vergrössern.

Um nun dies Princip auf den vorliegenden Fall anwenden zu können, müssen wir die verschiedenen Werthe untersuchen und vergleichen, welche die Entropie des betrachteten Körpers annimmt, wenn er bei dem gegebenen Gesammt-Volumen und bei der gegebenen Gesammt-Energie sich in allen nur denkbaren Zuständen befindet. Derjenige Zustand, welchem der grösste Werth der Entropie entspricht, wird einen Gleichgewichtszustand darstellen, und zwar einen stabilen; denn wenn dieser Zustand einmal erreicht ist, so wird, solange die äusseren Bedingungen aufrecht erhalten bleiben, d. h. das Volumen und die Energie dieselben sind, keine Aenderung in der Natur eintreten können, weil eine solche nach dem oben angeführten Principe nothwendig eine Vergrösserung der Entropie mit sich bringen müsste, dies aber nach der gemachten Voraussetzung nicht möglich ist.

Es kann aber auch der Fall sein, dass die Entropie des Körpers unter den gegebenen äusseren Bedingungen mehrere relative Maxima annehmen kann; dann entspricht ein jedes relative Maximum, welches nicht das absolute ist, einem labilen Gleichgewichtszustand; denn wenn sich der Körper in einem derartigen Zustand befindet, so wird er, wenn man nur sehr kleine Zustandsänderungen in Betracht zieht, aus dem oben angeführten Grunde in diesem Zustande verharren müssen; wenn aber eine hinreichend grosse Störung von Aussen hinzutritt, so kann unter Umständen der Körper dauernd aus dem Zustande entfernt werden und in einen anderen Gleichgewichtszustand übergehen, dem ein grösserer Werth der Entropie entspricht als dem vorigen.

Ein absolutes Maximum der Entropie muss jedenfalls vorhanden sein; denn wenn die Entropie bis ins Unendliche wachsen könnte, so würde niemals ein stabiler Gleichgewichtszustand eintreten, was der Erfahrung widerspricht.

Wir haben nun zunächst diejenigen Zustände aufzusuchen, in denen die Entropie des Körpers ein Maximum erreicht; dies geschieht durch die Aufstellung der nothwendigen Bedingung, welcher ein solcher Zustand genügen muss. Ist nämlich S die Entropie des Körpers in einem solchen Zustand, den wir kurz Maximal-Zustand nennen können, so muss für jede mit den gegebenen äusseren Bedingungen verträgliche unendlich kleine Zustandsänderung die Variation der Entropie: $\delta S = 0$ sein. Unter den Zuständen, welche die letztere Bedingung erfüllen, befinden sich jedenfalls auch die gesuchten Maximal-Zustände und somit auch der Zustand des absoluten Maximums, d. h. des stabilen Gleichgewichts.

Die allgemeinste Form, unter der ein solcher Maximal-Zustand, der, wie wir gesehen haben, immer zugleich auch ein Gleichgewichtszustand ist, erscheinen kann, ist die, dass sich in ihm verschiedene Theile des Körpers in verschiedenen Aggregatzuständen befinden. Bezeichnen wir demnach die in den 3 verschiedenen Aggregatzuständen befindlichen Mengen des Körpers resp. mit M_1, M_2 und M_3 (wobei die spezielle Bedeutung der einzelnen Indices offen gelassen ist), so haben wir, wenn M die gegebene Masse des ganzen Körpers bedeutet:

$$M = M_1 + M_2 + M_3 = \Sigma\, M_i. \tag{56}$$

Dabei muss, weil der hier betrachtete Zustand ein Gleichgewichtszustand ist, jeder dieser 3 Theile des Körpers auch für sich im Gleichgewicht, d. h. von gleichmässiger Temperatur und homogen sein; denn es ist als eine Folgerung aus der Erfahrung anzusehen, dass zwischen Theilen eines und desselben Aggregatzustandes ein Gleichgewicht auf andere Art nicht möglich ist.

Bezeichnet nun ferner V das gegebene Volumen des Körpers, so haben wir:

$$V = M_1 v_1 + M_2 v_2 + M_3 v_3 = \Sigma\, M_i v_i \tag{57}$$

wobei v_1, v_2, v_3 die spezifischen Volumina der 3 Theile des Körpers bezeichnen.

Analog erhält man für U, die gegebene Energie des Körpers:

$$U = M_1 u_1 + M_2 u_2 + M_3 u_3 = \Sigma\, M_1 u_1 \qquad (58)$$

wobei u wieder die Energie der Masseneinheit (spezifische Energie) bezeichnet.

Die drei Gleichungen (56), (57) und (58) entsprechen den gegebenen äusseren Bedingungen.

Für die Entropie erhalten wir nun:

$$S = M_1 s_1 + M_2 s_2 + M_3 s_3 = \Sigma\, M_1 s_1$$

wobei s die spezifische Entropie bedeutet.

Aus dieser Gleichung ergibt sich daher für eine unendlich kleine Zustands-Aenderung:

$$\partial S = \Sigma\, M_1\, \partial s_1 + \Sigma\, s_1\, \partial M_1.$$

Mit Rücksicht darauf, dass nach (54) allgemein:

$$\partial s = \frac{\partial u + P\, \partial v}{T} \qquad (59)$$

erhält man durch Substitution dieses Werthes:

$$\partial S = \Sigma\, \frac{M_1\, \partial u_1}{T_1} + \Sigma\, \frac{M_1 P_1\, \partial v_1}{T_1} + \Sigma\, s_1\, \partial M_1. \qquad (60)$$

Die Variationen der einzelnen Bestimmungsstücke der Zustandsänderung sind aber nicht ganz unabhängig von einander, vielmehr folgt aus den Gleichungen (56), (57) und (58) durch Variation:

$$\Sigma\, \partial M_1 = 0 \qquad (61)$$

$$\Sigma\, M_1\, \partial v_1 + \Sigma\, v_1\, \partial M_1 = 0 \qquad (62)$$

$$\Sigma\, M_1\, \partial u_1 + \Sigma\, u_1\, \partial M_1 = 0. \qquad (63)$$

Wir müssen daher mit Hülfe dieser 3 Gleichungen irgend 3 Variationen aus dem Ausdruck von ∂S eliminiren, um in demselben nur ganz von einander unabhängige Variationen zu erhalten. Wenn wir z. B. aus diesen letzten Gleichungen die Werthe von ∂M_2, ∂v_2 und ∂u_2 berechnen und sie in (60) einsetzen, so erhalten wir:

$$\partial S = \left(\frac{1}{T_1} - \frac{1}{T_2}\right) M_1\, \partial u_1 - \left(\frac{1}{T_2} - \frac{1}{T_3}\right) M_3\, \partial u_3$$

$$+ \left(\frac{P_1}{T_1} - \frac{P_2}{T_2}\right) M_1\, \partial v_1 - \left(\frac{P_2}{T_2} - \frac{P_3}{T_3}\right) M_3\, \partial v_3$$

$$+ \left(s_1 - s_2 - \frac{u_1 - u_2}{T_2} - \frac{P_2 (v_1 - v_2)}{T_2} \right) \delta M_1$$

$$- \left(s_2 - s_3 - \frac{u_2 - u_3}{T_2} - \frac{P_2 (v_2 - v_3)}{T_2} \right) \delta M_2 \qquad (64)$$

Da die in diesem Ausdruck enthaltenen 6 Variationen vollkommen unabhängig von einander sind, so müssen, damit δS für alle möglichen Zustandsänderungen $= 0$ ist, alle sechs Coeffizienten dieser Variation verschwinden. Mithin haben wir:

$$T_1 = T_2 = T_3 \qquad (65)$$

$$P_1 = P_2 = P_3 \qquad (66)$$

$$s_1 - s_2 = \frac{(u_1 - u_2) + P_1 (v_1 - v_2)}{T_1} \qquad (67)$$

$$s_2 - s_3 = \frac{(u_2 - u_3) + P_1 (v_2 - v_3)}{T_1} \qquad (68)$$

Diese 6 Gleichungen stellen die nothwendigen Eigenschaften eines Zustandes dar, dem ein Maximum der Entropie entspricht, also eines Gleichgewichtszustandes. Die ersten 4 derselben sprechen die Gleichheit von Temperatur und Druck aus, welche schon im vorigen Abschnitt als nothwendige Bedingung des Gleichgewichts aufgestellt wurde. Das Hauptinteresse concentrirt sich daher auf die beiden letzten Gleichungen, in deren jeder die ganze bestehende Theorie der gesättigten Dämpfe, des Schmelz- und Verdampfungs-Processes enthalten ist.

Wir wollen diese beiden Gleichungen zunächst auf eine etwas einfachere Form bringen, indem wir für die spezifische Entropie s, die ja als Funktion von T und v betrachtet werden kann, ihren Werth einsetzen.

Da nämlich allgemein nach (54):

$$d s = \frac{d u + P d v}{T}$$

so haben wir, wenn wir diese Gleichung integriren und auf unseren Fall anwenden:

$$s_1 - s_2 = \int_2^1 \frac{d u + P d v}{T}$$

Hiebei ist die obere Grenze des Integrals durch das Werthenpaar $T = T_1$, $v = v_1$, die untere durch das Werthenpaar $T = T_2$, $v = v_2$ vollständig bestimmt.

Da aber nach (65) $T_1 = T_2$, so können wir bei Ausführung der Integration die Temperatur constant lassen und erhalten dadurch:

$$s_1 - s_2 = \frac{1}{T_1}(u_1 - u_2) + \frac{1}{T_1}\int_{v_2}^{v_1} P\, \partial v$$

Hiebei bedeutet das Zeichen ∂v (mit rundem ∂) dass die Integration partiell nach v auszuführen ist, indem T, die andere Variable, von der P noch abhängt, constant bleibt.

Substituirt man nun diesen Werth von $(s_1 - s_2)$ in die Gleichung (67), so ergibt sich die Relation:

$$\left.\begin{aligned}
\int_{v_2}^{v_1} P\, \partial v &= P_1 \cdot (v_1 - v_2) \\
\text{Ebenso aus (68):}& \\
\int_{v_3}^{v_2} P\, \partial v &= P_1 \cdot (v_2 - v_3) \\
\text{Fügen wir noch (66) hinzu:}& \\
P_1 &= P_2 = P_3
\end{aligned}\right\} \quad (69)$$

wobei P als bestimmte Funktion von v und T anzusehen ist, und denken uns die Temperatur $T_1 = T_2 = T_3$ kurz mit T bezeichnet, so haben wir hier 4 Gleichungen mit den 4 Unbekannten T, v_1, v_2, v_3, welchen die gesuchten Maximal-Zustände unterworfen sind. Bemerkenswerth ist hiebei, dass die in diese 4 Gleichungen eingehenden Constanten lediglich von der chemischen Beschaffenheit des Körpers abhängig sind, nicht aber von den gegebenen Werthen der Masse M, des Volumens V und der Energie U. Wir können daher diese Gleichungen die inneren Gleichgewichtsbedingungen nennen, im Gegensatz zu den Gleichungen (56), (57) und (58), welche die äusseren Umstände, denen der Körper unterworfen ist, bezeichnen.

Ehe wir zur Betrachtung und Vergleichung der aus diesen Gleichungen sich ergebenden Werthe der Unbekannten übergehen, wollen wir allgemein untersuchen, ob dieselben auch wirklich einen Maximalzustand des Körpers charakterisiren, d. h. ob der ihnen entsprechende Zustand nicht etwa z. B. ein Minimum der Entropie bedingt. Zur Beantwortung dieser Frage müssen wir den Werth von $\partial^2 S$ untersuchen. Ist derselbe für alle möglichen Variationen negativ, so ist der betreffende Zustand jedenfalls ein Maximal-Zustand.

Wir variiren daher die Gleichung (64) und erhalten dadurch den Ausdruck von $\partial^2 S$, welcher sich bedeutend vereinfacht, wenn wir die Gleichungen (65), (66), (67) und (68) anwenden. Berücksichtigen wir dann noch die Werthe von ∂s_1, ∂s_2, ∂s_3 mittelst (59) und eliminiren ∂M_1 und ∂M_3 mittelst (61), (62) und (63), so ergibt sich:

$$\partial^2 S = - \Sigma \frac{M_1 \, \partial s_1 \, \partial T_1}{T_1} + \Sigma \frac{M_1 \, \partial P_1 \, \partial v_1}{T_1}$$

wofür wir auch schreiben können:

$$T \cdot \partial^2 S = - \Sigma M_1 \cdot (\partial s_1 \, \partial T_1 - \partial P_1 \, \partial v_1).$$

Um alle Variationen auf die der unabhängigen Variabeln T und v zu reduciren, setzen wir nach (53):

$$\partial s = \frac{k}{T} \cdot \partial T + \frac{\partial P}{\partial T} \cdot \partial v$$

wobei $k = \dfrac{\partial u}{\partial T}$ nach (50) die spezifische Wärme bei constantem Volumen bezeichnet, und:

$$\partial P = \frac{\partial P}{\partial T} \cdot \partial T + \frac{\partial P}{\partial v} \cdot \partial v$$

Dann erhalten wir:

$$T \cdot \partial^2 S = - \Sigma M_1 \left\{ \frac{k_1}{T} \, \partial T_1^2 - \left(\frac{\partial P}{\partial v} \right)_1 \partial v_1^2 \right\} \tag{70}$$

Wenn die Grössen k_1, k_2, k_3 sämmtlich positiv, und die Grössen $\left(\dfrac{\partial P}{\partial v} \right)_1$, $\left(\dfrac{\partial P}{\partial v} \right)_2$, $\left(\dfrac{\partial P}{\partial v} \right)_3$, sämmtlich negativ sind, so ist $\partial^2 S$, wie man aus der letzten Gleichung ersieht, wesentlich negativ, also der betrachtete Zustand ein Maximal-Zustand,

d. h. ein (stabiler oder labiler) Gleichgewichtszustand. Da nun k seiner physikalischen Bedeutung nach stets positiv ist, so hängt die Bedingung des Gleichgewichts davon ab, ob $\left(\dfrac{\partial P}{\partial v}\right)$ für alle drei Theile des Körpers negativ ist oder nicht; im letzteren Fall ist der Zustand kein Maximalzustand.

In der That ist aus der Erfahrung ersichtlich, dass bei jedem Gleichgewichtszustand $\left(\dfrac{\partial P}{\partial v}\right)$ negativ ist, da sich der Druck, sei er positiv oder negativ, bei constanter Temperatur immer in entgegengesetzter Richtung wie das Volumen ändert. Es gibt aber (wie wir unten sehen werden) auch Zustände, in denen $\left(\dfrac{\partial P}{\partial v}\right)$ positiv ist; diese Zustände stellen also niemals eine Gleichgewichtslage dar, und sind deshalb auch nicht der direkten Beobachtung zugänglich. Wenn dagegen $\left(\dfrac{\partial P}{\partial v}\right)$ negativ ist, so findet Gleichgewicht statt, doch braucht dasselbe deshalb noch nicht stabil zu sein; es kommt dann darauf an, ob nicht unter den gegebenen Bedingungen noch ein anderer Maximalzustand existirt, dem ein grösserer Werth der Entropie entspricht.

Wir gehen nun über zur Untersuchung derjenigen Werthe der Variabeln, die eine Lösung der Gleichungen (69) vorstellen; eine solche ist auf 3 verschiedene Arten möglich.

1) Wenn wir setzen:

$$v_1 = v_2 = v_3$$

so werden dadurch alle 4 Gleichungen (69) befriedigt; denn da ohnehin die Temperatur T allen 3 Theilen des Körpers gemeinsam ist, werden dadurch ihre Zustände vollkommen identisch, d. h. der ganze Körper ist homogen. Sein Zustand ist dann bestimmt, wenn man noch die Gleichungen (56), (57) und (58) hinzuzieht, welche die äusseren Bedingungen aussprechen. Dieselben werden in diesem Falle:

$$M_1 + M_2 + M_3 = M$$
$$v_1 (M_1 + M_2 + M_3) = V$$
$$u_1 (M_1 + M_2 + M_3) = U$$

Folglich:

$$v_1 = \frac{V}{M} \qquad u_1 = \frac{U}{M}$$

Daraus ergibt sich dann auch der Werth der Temperatur T, wenn man u als Funktion von T und v betrachtet.

2) Wenn wir setzen:

$$v_2 = v_3$$

während wir v_1 als verschieden davon annehmen, so fallen die mit 2 und 3 bezeichneten Aggregatzustände zusammen und die Gleichungen (69) reduciren sich auf:

$$P_1 = P_2 \tag{71}$$

$$\int_{v_2}^{v_1} P\, \partial v = P_1 (v_1 - v_2) \tag{72}$$

In diesem Falle befindet sich der Körper in zwei verschiedenen Aggregatzuständen nebeneinander, z. B. in der Form von Dampf und Flüssigkeit.

(Bei Betrachtung der zweiten Gleichung: (72) ergibt sich, dass der Druck P, da er für die beiden Grenzen des Integrals den nämlichen Werth $P_1 = P_2$ hat, zwischen denselben Werthe annehmen muss, die theils $< P_1$, theils $> P_1$ sind, damit die Gleichung (72) befriedigt werden kann. Daher muss, wenn Letzteres der Fall sein soll, $\left(\frac{\partial P}{\partial v} \right)$ zwischen diesen Grenzen theilweise positiv, theilweise negativ sein.)

Die beiden Gleichungen (71) und (72) enthalten 3 Unbekannte: T, v_1, v_2, sie können also dazu dienen, die Grössen v_1, v_2 (und in Folge dessen auch den Druck $P_1 = P_2$ und die spezifischen Energieen u_1 und u_2) als bestimmte Funktionen von T darzustellen.

Der Zustand des ganzen Körpers ist vollkommen bestimmt, wenn man noch die äusseren Bedingungen (56), (57), (58) heranzieht, welche für diesen Fall lauten:

$$M_1 + (M_2 + M_3) = M$$
$$M_1 v_1 + (M_2 + M_3) \cdot v_2 = V$$
$$M_1 u_1 + (M_2 + M_3) u_2 = U$$

Mittelst dieser 3 Gleichungen berechnen sich die 3 letzten Unbekannten, nämlich T, M_1 und $(M_2 + M_3)$. Hiedurch ist der Zustand des Körpers vollständig gegeben; denn bei den Grössen M_2 und M_3 kommt es offenbar nur auf ihre Summe an. Natürlich hat das Resultat nur dann einen physikalischen Sinn, wenn M_1 und $(M_2 + M_3)$ p o s i t i v ausfallen.

3) Lassen wir v_1, v_2 und v_3 von einander verschieden sein, so haben wir aus (69) die Gleichungen:

$$P_1 = P_2 = P_3$$

$$\int_{v_2}^{v_1} P\,\partial v = P_1\,(v_1 - v_2)$$

$$\int_{v_3}^{v_2} P\,\partial v = P_1\,(v_2 - v_3)$$

Dieser Fall bezeichnet einen Zustand, bei dem sich im Körper alle 3 Aggregatzustände nebeneinander vorfinden. Die 4 Gleichungen enthalten 4 Unbekannte, nämlich T, v_1, v_2, v_3, so dass ihnen eine ganz bestimmte Lösung entspricht. Ist diese gefunden, so berechnen sich aus den äusseren Bedingungen (56), (57), (58):

$$\Sigma\, M_1 = M$$
$$\Sigma\, M_1 v_1 = V$$
$$\Sigma\, M_1 u_1 = U$$

die Massen M_1, M_2, M_3 der in den verschiedenen Aggregatzuständen befindlichen Körpertheile. Doch hat auch diese Lösung nur dann einen Sinn, wenn die Werthe von M_1, M_2, M_3 positiv ausfallen.

Wir wollen nun darangehen, die physikalische Bedeutung

dieser Resultate zu untersuchen und mit den Ergebnissen der Erfahrung zu vergleichen.

ad 1)

I. Lösung.

Alle 3 Theile des Körpers gleichartig.

$$v_1 = v_2 = v_3 = \frac{V}{M}$$

$$u_1 = u_2 = u_3 = \frac{U}{M}$$

Daraus auch der Werth von T.

Diese Lösung entspricht einem Zustande, in dem der ganze Körper homogen ist; sie hat immer einen bestimmten Sinn, stellt aber, wie wir an Gleichung (70) gesehen haben, nur in dem Falle einen Gleichgewichtszustand dar, dass $\left(\frac{\partial P}{\partial v}\right)$ negativ ist, wie es durch die Erfahrung bestätigt wird. Wenn diese Bedingung erfüllt ist, so ist das Gleichgewicht labil oder stabil, je nachdem unter den gegebenen äusseren Bedingungen ein Zustand existirt, dem ein noch grösserer Werth der Entropie entspricht, oder nicht. Wann das Erstere der Fall ist, soll unten gezeigt werden.

ad 2)

II. Lösung.

Der 2. und 3. Theil des Körpers gleichartig.

Innere Bedingungen:

$$P_1 = P_2 \tag{71}$$

$$\int_{v_2}^{v_1} P \, \partial v = P_1 (v_1 - v_2) \tag{72}$$

Hieraus berechnen sich v_1 und v_2 (also auch P_1, u_1 und u_2) als Funktionen von T allein.

Aeussere Bedingungen:

$$\left.\begin{array}{l} M_1 + (M_2 + M_3) = M \\ M_1 v_1 + (M_2 + M_3) v_2 = V \\ M_1 u_1 + (M_2 + M_3) u_2 = U \end{array}\right\} \tag{73}$$

Hieraus die Werthe von T, M_1 und $(M_2 + M_3)$.

Diese Lösung entspricht einem Zustand, bei dem im Körper 2 verschiedene Aggregatzustände nebeneinander vorkommen, sie hat aber, wie schon bemerkt, nur dann einen Sinn, wenn die Werthe von M_1 und $(M_2 + M_3)$ positiv ausfallen. Ferner entspricht sie nach (70) nur dann einem Gleichgewichtszustand, wenn $\left(\dfrac{\partial P}{\partial v}\right)_1$ und $\left(\dfrac{\partial P}{\partial v}\right)_2$ negativ sind.

Es lässt sich nun beweisen, dass, diese Bedingungen vorausgesetzt, die Entropie des dieser Lösung entsprechenden Zustandes jedenfalls grösser ist als die Entropie des der vorigen Lösung entsprechenden Zustandes, bei gleichen äusseren Bedingungen; mit anderen Worten: dass der Gleichgewichtszustand, den wir hier betrachten, vorausgesetzt dass er überhaupt einen reellen Sinn hat, unter allen Umständen stabiler ist als der der vorigen Lösung, wie es auch der Erfahrung entspricht. Man braucht zu diesem Zwecke nur nachzuweisen, dass die Differenz der den beiden Lösungen entsprechenden Entropieen stets positiv ist. Da indess diese Untersuchung rein mathematischer Natur ist, und keine wesentlichen Schwierigkeiten bietet, wollen wir dieselbe hier übergehen und uns zur Discussion der Gleichungen (71) und (72) wenden, welche die inneren Gleichgewichtsbedingungen eines Körpers aussprechen, der sich in 2 verschiedenen Aggregatzuständen nebeneinander befindet. Diese Gleichungen gelten ebenso für sich berührende Dämpfe und Flüssigkeiten, wie auch für feste Körper, die sich in Berührung mit der entsprechenden Flüssigkeit oder dem entsprechenden Dampfe befinden.

Wie wir schon bemerkten, lassen sich durch (71) und (72) alle darin vorkommenden Variabeln als Funktionen der Temperatur allein darstellen. Dabei bedeuten v_1 und v_2 die der Temperatur T entsprechenden spezifischen Volumina der beiden in Berührung befindlichen verschiedenartigen Körpertheile, also z. B. von Dampf und Flüssigkeit. Dabei ist es gleichgiltig, welchen Index man auf den einen oder den andern Aggregatzustand bezieht, da die Gleichungen in Bezug auf beide Indices vollkommen symmetrisch sind.

Für jeden Werth der Temperatur ergeben die beiden Gleichungen 3 verschiedene, unter Umständen auch theilweise imaginäre, Lösungen, welche den 3 paarweisen Combinationen der 3 Aggregatzustände entsprechen; wir wollen jedoch, um die Ideen zu fixiren, zuerst beispielsweise diejenige Lösung betrachten, welche der Berührung von Dampf und Flüssigkeit entspricht. Da dieselbe das Gleichgewicht zwischen diesen beiden Aggregatformen regelt, enthält sie die Gesetze der gesättigten Dämpfe. Wenn wir hiebei den Index 1 auf den Dampf, den Index 2 auf die Flüssigkeit beziehen, so bedeutet v_1 das spezifische Volumen des bei der Temperatur T gesättigten Dampfes, P_1 seinen Druck, v_2 das spezifische Volumen der berührenden Flüssigkeit. Diese 3 Grössen sind also Funktionen der Temperatur allein, wie es der Erfahrung entspricht.

Wir können zunächst durch Differenziation der betrachteten Gleichungen zu neuen Relationen gelangen, wobei wir, da alle Variabeln nur von T abhängen, die Differenzialcoefficienten kurz mit $\dfrac{d\,v_1}{d\,T}$, $\dfrac{d\,v_2}{d\,T}$, $\dfrac{d\,P_1}{d\,T}$ bezeichnen wollen, während wir für den partiellen Differenzialquotienten von P nach T (bei constantem Volumen) die Bezeichnung $\dfrac{\partial\,P}{\partial\,T}$ beibehalten.

Danach ergeben die Gleichungen (71) und (72) total nach T differenziirt:

$$\frac{d\,P_1}{d\,T} = \frac{d\,P_2}{d\,T} \tag{74}$$

und:

$$\int_{v_2}^{v_1} \frac{\partial\,P}{\partial\,T}\,\partial\,v + P_1 \frac{d\,v_1}{d\,T} - P_2 \frac{d\,v_2}{d\,T}$$

$$= P_1 \cdot \left(\frac{d\,v_1}{d\,T} - \frac{d\,v_2}{d\,T} \right) + \frac{d\,P_1}{d\,T}\,(v_1 - v_2)$$

oder, da nach (71): $P_1 = P_2$

$$\int_{v_2}^{v_1} \frac{\partial P}{\partial T} \partial v = \frac{d P_1}{d T} (v_1 - v_2) \qquad (75)$$

Hieraus lässt sich unmittelbar die Differenz der spezifischen Energieen: $(u_1 - u_2)$ von Dampf und Flüssigkeit berechnen. Da nämlich nach (51) allgemein:

$$\frac{\partial u}{\partial v} = T \cdot \frac{\partial P}{\partial T} - P$$

so haben wir, wenn wir von dem flüssigen Zustand bis zum dampfförmigen partiell nach v integriren:

$$u_1 - u_2 = T \int_{v_2}^{v_1} \frac{\partial P}{\partial T} \partial v - \int_{v_2}^{v_1} P \partial v$$

oder nach (75) und (72):

$$u_1 - u_2 = \left(T \frac{d P_1}{d T} - P_1 \right) (v_1 - v_2) \qquad (76)$$

Führen wir nun die **Verdampfungswärme** (bei constantem Druck) der Masseneinheit: r ein. Dieselbe umfasst 1) den zur Verdampfung erforderlichen Energiezuwachs: $(u_1 - u_2)$. 2) die dabei zu leistende äussere Arbeit $P_1 (v_1 - v_2)$, da die Verdampfung bei constantem äusseren Druck stattfindet. Daher haben wir für die Verdampfungswärme:

$$r = (u_1 - u_2) + P_1 (v_1 - v_2) \qquad (77)$$

also nach (76):

$$r = T \cdot \frac{d P_1}{d T} \cdot (v_1 - v_2), \text{ wie bekannt.} \qquad (78)$$

Die spezifische Wärme **des gesättigten Dampfes**: h_1, wie sie zuerst von Clausius eingeführt wurde, erhält man offenbar aus der Gleichung:

$$h_1 \, d T = d u_1 + P_1 \, d v_1$$

denn $h_1 \, d T$ ist die Wärme, die der Masseneinheit gesättigten Dampfes von Aussen zugeführt werden muss, damit sie bei der Temperatur $T + dT$ gerade wieder gesättigt ist.

Daraus ergibt sich:

$$h_1 = \frac{d\,u_1}{d\,T} + P_1 \cdot \frac{d\,v_1}{d\,T}$$

Ganz analog für die Flüssigkeit:

$$h_2 = \frac{d\,u_2}{d\,T} + P_2 \cdot \frac{d\,v_2}{d\,T}$$

Die Grösse h_2 ist in der Regel unmerklich wenig verschieden von der spezifischen Wärme der betr. Flüssigkeit bei constantem Druck, weil bei Flüssigkeiten ein Druck, der nicht sehr bedeutend ist, keinen merkbaren Einfluss auf den Zustand ausübt.

Nun folgt aus Gleichung (77) durch totale Differenziation nach T:

$$\frac{d\,r}{d\,T} = \frac{d\,u_1}{d\,T} - \frac{d\,u_2}{d\,T} + P_1 \left[\frac{d\,v_1}{d\,T} - \frac{d\,v_2}{d\,T} \right] + \frac{d\,P_1}{d\,T}\,(v_1 - v_2)$$

folglich mit Einführung von h_1 und h_2:

$$\frac{d\,r}{d\,T} = h_1 - h_2 + \frac{d\,P_1}{d\,T}\,(v_1 - v_2)$$

oder nach (78):

$$h_1 - h_2 = \frac{d\,r}{d\,T} - \frac{r}{T}$$

Daraus lässt sich, wie bekannt, h_1 berechnen, indem für h_2 die spezifische Wärme der Flüssigkeit bei constantem Druck genommen wird.

Die bisher abgeleiteten Gleichungen sind identisch mit den aus der bestehenden Theorie der gesättigten Dämpfe und des Verdampfungsprozesses bereits bekannten; wir wollen aber nun noch eine Formel entwickeln, die bis jetzt noch nicht bekannt geworden ist, die aber doch neben dem theoretischen Interesse einen praktischen Nutzen insofern darbietet, als sie gestattet, die der direkten Beobachtung so schwer zugängliche spezifische Wärme der Dämpfe bei constantem Druck (und auch die bei constantem Volumen) auf einfachem Wege zu berechnen. Wir erhalten diese Grösse unmittelbar durch Anwendung der vorliegenden Gleichungen.

Wenn man der Bequemlichkeit halber in Gleichung (75) die Grösse $\dfrac{d P_1}{d T}$ mittelst (78) durch r ausdrückt, erhält man:

$$\int_{v_2}^{v_1} \frac{\partial P}{\partial T}\, \partial v = \frac{r}{T}$$

und durch totale Differenziation dieser Gleichung nach T:

$$\int_{v_2}^{v_1} \frac{\partial^2 P}{\partial T^2}\, \partial v + \left(\frac{\partial P}{\partial T}\right)_1 \frac{d v_1}{d T} - \left(\frac{\partial P}{\partial T}\right)_2 \frac{d v_2}{d T} = \frac{1}{T} \cdot \frac{d r}{d T} - \frac{r}{T^2} \quad (79)$$

Nun ist aber allgemein nach (52):

$$\frac{\partial k}{\partial v} = T \cdot \frac{\partial^2 P}{\partial T^2}$$

wobei k die spezifische Wärme bei constantem Volumen bezeichnet; folglich, wenn man vom flüssigen bis zum dampfförmigen Zustand partiell nach v integrirt:

$$k_1 - k_2 = T \cdot \int_{v_2}^{v_1} \frac{\partial^2 P}{\partial T^2}\, \partial v$$

Das Integral aus (79) durch seinen Werth ersetzt gibt:

$$k_1 - k_2 = \frac{d r}{d T} - \frac{r}{T} - T \cdot \left(\frac{\partial P}{\partial T}\right)_1 \frac{d v_1}{d T} + T \cdot \left(\frac{\partial P}{\partial T}\right)_2 \frac{d v_2}{d T}$$

Hier können wir nach (49) schreiben:

$$\frac{\partial P}{\partial T} = - \alpha \cdot \frac{\partial P}{\partial v}$$

wobei α den Differenzialquotienten von v nach T bei constantem Druck bezeichnet. Siehe (33). Dadurch wird:

$$k_1 - k_2 = \frac{d r}{d T} - \frac{r}{T} + \alpha_1 T \cdot \left(\frac{\partial P}{\partial v}\right)_1 \frac{d v_1}{d T}$$
$$- \alpha_2 T \cdot \left[\frac{\partial P}{\partial v}\right]_2 \frac{d v_2}{d T}$$

Für die spezifische Wärme bei constantem Druck: c haben wir endlich nach (55):

$$c - k = \alpha T \cdot \frac{\partial P}{\partial T}$$

Wenn wir mittelst dieser Gleichung c_1 und c_2 statt k_1 und k_2 einführen, so ergibt sich:

$$c_1 - c_2 = \frac{dr}{dT} - \frac{r}{T} + \alpha_1 T \cdot \left\{ \left[\frac{\partial P}{\partial T}\right]_1 + \left[\frac{\partial P}{\partial v}\right]_1 \frac{dv_1}{dT} \right\}$$

$$- \alpha_2 T \cdot \left\{ \left[\frac{\partial P}{\partial T}\right]_2 + \left[\frac{\partial P}{\partial v}\right]_2 \cdot \frac{dv_2}{dT} \right\}$$

Da nun die in den beiden Klammern befindlichen Ausdrücke die nämliche Grösse $\frac{dP_1}{dT} = \frac{dP_2}{dT}$ darstellen, siehe (74), so können wir schreiben:

$$c_1 - c_2 = \frac{dr}{dT} - \frac{r}{T} + T \cdot \frac{dP_1}{dT} (\alpha_1 - \alpha_2)$$

oder nach (78):

$$c_1 - c_2 = \frac{dr}{dT} - \frac{r}{T} + \frac{r}{v_1 - v_2} \cdot (\alpha_1 - \alpha_2).$$

Wenn wir schliesslich der Deutlichkeit halber für α die symbolische Bezeichnung $\left(\frac{\partial v}{\partial T}\right)_P$ benutzen, wobei der Index P bedeutet, dass der Druck bei der Differenziation constant bleiben soll, so erhalten wir:

$$c_1 - c_2 = \frac{dr}{dT} - \frac{r}{T} + \frac{r}{v_1 - v_2} \cdot \left\{ \left[\frac{\partial v_1}{\partial T}\right]_P - \left[\frac{\partial v_2}{\partial T}\right]_P \right\} \quad (80)$$

In dieser Gleichung sind alle Grössen als Funktionen der Temperatur aufzufassen; daher lässt sich eine von ihnen in ihrer ganzen Abhängigkeit von der Temperatur darstellen, wenn alle übrigen als Funktionen derselben bekannt sind. Für den Fall, den wir hier zunächst betrachten, nämlich für die Combination von Flüssigkeit und Dampf eignet sich die Gleichung am besten dazu, für einen Dampf (der sich im Zustand der Sättigung befindet) die spezifische Wärme c_1 bei constantem Druck zu berechnen, da zu diesem Zwecke nur die Kenntniss der spezifischen Wärme c_2 der entsprechenden Flüssigkeit (bei derselben Temperatur und dem Drucke des gesättigten Dampfes), der Verdampfungswärme r und der spezifischen Volumina v_1 und v_2 des gesättigten Dampfes und der Flüssigkeit nebst ihrer Aenderung mit der Temperatur bei constantem Druck erforderlich ist.

Da die vorstehende Formel bisher noch nicht veröffentlicht wurde, so dürfte es an dieser Stelle angezeigt erscheinen, eine Anwendung derselben auf einen speziellen Fall zu machen, in welchem eine Prüfung ihrer Uebereinstimmung mit der Erfahrung möglich ist.

Berechnen wir beispielsweise die spezifische Wärme des **Wasserdampfes**, wenn derselbe sich bei 100° C., (also unter dem Druck einer Atmosphäre) im Zustand der Sättigung befindet.

Da jedes Glied der Gleichung (80) als Factor eine Wärmemenge enthält, so ist es offenbar gestattet, alle in ihr vorkommenden Wärmemengen nach c a l o r i s c h e m Maass zu messen; dann haben wir für die einzelnen Grössen:

$$T = 273 + 100 = 373$$

$$c_2 = 1{,}0130 \text{ nach Regnault }[1]$$

(spezifische Wärme des Wassers bei 100° C.)

$$r = 536{,}2 \text{ nach Clausius }[2]$$

(Verdampfungswärme des Wassers bei 100° C.

$$\frac{d\,r}{d\,T} = -\,0{,}708 \text{ nach Clausius }[2]$$

$$v_1 = 1650{,}4 \text{ nach Hirn }[3]$$

(Volumen eines Gramms gesättigten Wasserdampfes bei 100° C., in Cubikcentimetern.)

$$\left[\frac{\partial\,v_1}{\partial\,T}\right]_P = 4{,}843 \text{ nach Hirn }[3]$$

(Wachsthum des spezifischen Volumens bei Ueberhitzung des Dampfes um 1° C. unter dem constanten Druck einer Atmosphäre.)

$$v_2 = 1{,}0431 \text{ nach Jolly }[4]$$

(Volumen eines Gramms Wasser bei 100° C. in Cubikcentimetern.)

---

[1] Mémoires de l'Acad. T. XXI.
[2] Pogg. Ann. Bd. XCVII.
[3] Hirn, Théorie mécanique de la chaleur. Paris 1865.
[4] Monatsber. d. Münchner Akad. 1864.

$$\left[\frac{\partial\,v_2}{\partial\,T}\right] p = 0{,}00073 \text{ nach Jolly }[1)$$

(Wachsthum des spezifischen Volumens bei Erhitzung des Wassers um 1^0 C.)

Mittelst dieser Werthe ergibt sich aus der Gleichung (80) als spezifische Wärme des Wasserdampfes bei 100^0 C. unter dem constanten Druck einer Atmosphäre:

$$c_1 = 0{,}442$$

Von direkten Beobachtungsresultaten liegen nur die Regnault'schen [1) vor, welche den Mittelwerth der spezifischen Wärme des Wasserdampfes im Bereich der Temperaturen etwa von 130^0 bis 220^0 C. bei dem constanten Druck einer Atmosphäre darstellen. Die 4 Regnault'schen Beobachtungsreihen ergeben als Mittel der gefundenen Werthe:

$$0{,}478.$$

Der Sinn der Abweichung dieses Resultats von dem unsrigen erklärt sich hinreichend aus der durch alle bisherigen Beobachtungen als wahrscheinlich hingestellten Thatsache, dass die spezifische Wärme der Dämpfe mit der Temperatur etwas wächst.

Das Verhalten der spezifischen Wärme eines Dampfes bei constantem Druck in verschiedenen Temperaturen lässt sich nunmehr genau nach der Gleichung (80) prüfen, wobei aber beachtet werden muss, dass diese Formel immer nur dann strenge Giltigkeit hat, wenn der Dampf sich gerade im Zustand der Sättigung befindet.

Wir übergehen hier weitere Anwendungen und stellen nur noch eine Näherungsformel auf, welche in den meisten Fällen ziemlich genaue Resultate liefert, nämlich dann, wenn das spezifische Volumen der Flüssigkeit gegen das des Dampfes vernachlässigt werden kann. Unter dieser Voraussetzung wird die Gleichung (80):

$$c_1 - c_2 = \frac{d\,r}{d\,T} - \frac{r}{T} + \frac{r}{v_1}\left[\frac{\partial\,v_1}{\partial\,T}\right]p \qquad (81)$$

[1) Mémoires de l'Acad. T. XXVI.

Eine grobe Annäherung, aber bedeutende Vereinfachung gewährt diese Formel unter der Annahme, dass das Gay-Lussac'sche Gesetz für den Dampf bis zum Punkte der Sättigung gilt. Dann wird nämlich:

$$\left[\frac{\partial v_1}{\partial T}\right]_P = \frac{v_1}{T}$$

und dadurch die Gleichung (81):

$$c_1 - c_2 = \frac{d\,r}{d\,T}$$

Für das obige Beispiel ergibt sich hieraus, da $c_2 = 1,013$ und $\frac{d\,r}{d\,T} = -0,708$:

$c_1 = 0,305$, also erheblich zu klein.

Wir wollen nun die Gleichung (80) auch in ihrer Anwendung auf die Verbindung eines flüssigen mit dem entsprechenden festen Körper betrachten, und dabei den Index 1 auf den flüssigen, den Index 2 auf den festen Körper beziehen. Dann gilt die Gleichung für die Schmelztemperatur T, die ja ebenso wie die Siedetemperatur mit dem Druck veränderlich ist. Ferner bedeuten c_1 und c_2 die spezifischen Wärmen des flüssigen und festen Körpers bei constantem Druck, wie er der Schmelztemperatur entspricht, r die Schmelzwärme, v_1 und v_2 die spezifischen Volumina des flüssigen und des festen Körpers im Zustande des Schmelzens.

Machen wir auch auf diesen Fall eine spezielle Anwendung, z. B. für Phosphor von 44° C., der Schmelztemperatur beim Druck einer Atmosphäre.

Da die spezifischen Wärmen des flüssigen und festen Phosphors bekannt sind, so kann man die Gleichung (80) dazu benutzen, um den Werth von $\frac{d\,r}{d\,T}$, also die Aenderung der Schmelzwärme des Phosphors mit der Schmelztemperatur zu berechnen. Hiefür haben wir:

$$T = 273 + 44 = 317$$

$$c_1 = 0{,}2045 \text{ nach Person }[1]$$

(spezifische Wärme des flüssigen Phosphors bei 48^0 C.)

$$c_2 = 0{,}1887 \text{ nach Regnault }[2]$$

(spezifische Wärme des festen Phosphors bei 20^0 C.)

$$r = 5{,}034 \text{ nach Person }[3]$$

(Schmelzwärme des Phosphors bei 44^0 C.)

$$v_1 = 1{,}05173 \text{ nach Kopp }[4]$$

(spezifisches Volumen des flüssigen Phosphors bei 44^0 C., das spezifische Volumen des festen Phosphors bei 0^0 C. $= 1$ gesetzt.)

Ferner in gleichem Maasse:

$$\left[\frac{\partial v_1}{\partial T}\right]_P = 0{,}000532 \text{ nach Kopp }[4]$$

(Ausdehnung bei Erwärmung um 1^0 C.)

$$v_2 = 1{,}01685 \text{ nach Kopp }[4]$$

(spezifisches Volumen des festen Phosphors bei 44^0 C.)

$$\left(\frac{\partial v_2}{\partial T}\right)_P = 0{,}000383 \text{ nach Kopp }[4]$$

(Ausdehnung bei Erwärmung um 1^0 C.)

Mit Hilfe dieser Werthe berechnet sich aus der Gleichung (80):

$$\frac{d\,r}{d\,T} = 0{,}0102$$

d. h. wenn die Schmelztemperatur des Phosphors (durch äusseren Druck) erhöht wird, so vergrössert sich auch die Schmelzwärme und zwar (Proportionalität vorausgesetzt) für 1^0 C. um $0{,}01$ Wärmeeinheiten, d. h. um $0{,}2^0/_0$. Hierbei ist zu beachten, dass r die Wärmemenge bedeutet, welche von Aussen zugeführt werden muss, damit die Masseneinheit des Körpers unter dem constanten Druck schmilzt, der der Schmelztemperatur entspricht.

Zur Prüfung dieses Resultates liegen keine experimen-

---

[1] Annales de chim. et de phys. III. Série. T. XXI.
[2] Ann. de chim. et de phys. III. Série. T. XXVI.
[3] Ann. de chim. et de phys. III. Serie. T. XXI.
[4] Liebigs Annal. Bd. XCIII.

tellen Daten vor, indem meines Wissens bisher noch keine Versuche über die Veränderlichkeit der Schmelzwärme mit der Schmelztemperatur angestellt wurden.

Es bliebe jetzt noch eine Anwendung der Formel auf die Verbindung eines festen Körpers mit seinem Dampfe zu machen übrig; doch sind hier die Versuche zu wenig ausgedehnt, um eine solche zu ermöglichen, und zwar aus dem Grunde, weil eine solche Verbindung in den seltensten Fällen einen der Beobachtung zugänglichen stabilen Gleichgewichtszustand darstellt. Es ist jedoch bemerkenswerth, dass auch für diesen Fall alle aus (71) und (72) abgeleiteten Gleichungen ebenso gelten, wie für die Combination einer Flüssigkeit mit ihrem Dampf oder mit dem entsprechenden festen Körper; nur sind die Werthe der in Betracht kommenden Funktionen für die einzelnen Fälle verschieden. So z. B. werden Druck und spezifisches Volumen eines gesättigten Dampfes durch andere Funktionen der Temperatur dargestellt, wenn der Dampf sich in Berührung mit seiner Flüssigkeit, als wenn er sich in Berührung mit dem entsprechenden festen Körper befindet.

Es kann der Fall eintreten, dass für einen bestimmten Werth von T die Werthe der Grössen v_1 und v_2, wie sie sich aus den Gleichungen (71) und (72) ergeben, einander gleich werden; dann sind die beiden Aggregatzustände, die mit einander in Berührung sind, identisch, und der hier betrachtete Gleichgewichtszustand fällt zusammen mit dem oben in der 1. Lösung besprochenen, indem der ganze Körper homogen ist.

Ein solcher Werth von T ist die sogenannte kritische Temperatur, für welche der gesättigte Dampf identisch ist mit der berührenden Flüssigkeit. Durch diesen Werth der Temperatur und den des entsprechenden spezifischen Volumens $v_1 = v_2$ ist der kritische Zustand bedingt, welcher einen continuirlichen Uebergang vom flüssigen zum gasförmigen Zustand darstellt, indem ein Wachsthum des spezifischen Volumens (bei constanter Temperatur) den gasförmigen, eine Abnahme desselben den flüssigen Zustand herbeiführt.

Für tiefere Temperaturen sind dann die Werthe von v_1 und v_2 verschieden, für höhere werden sie imaginär, so dass im letzteren Falle die hier betrachtete 2. Lösung keinen Sinn hat, und man zur 1. zurückgehen muss, welcher ein h o m o g e n e r Gleichgewichtszustand entspricht.

Es ist leicht, die Gleichungen aufzustellen, aus welchen sich die Bestimmungsstücke des kritischen Zustandes: T und v berechnen lassen. Wenn wir nämlich v_1 und v_2 als unendlich wenig von einander verschieden annehmen, indem wir $v_1 = v + dv$ und $v_2 = v$ setzen, so liefern die Gleichungen (71) und (72) folgende Bedingungen:

1) Aus (71):

$$P + \frac{\partial P}{\partial v} \cdot dv = P$$

daher:

$$\frac{\partial P}{\partial v} = 0 \qquad (82)$$

2) Aus (72):

$$\int_{v}^{v+dv} P \, \partial v = P \cdot dv$$

oder:

$$P \cdot dv + \frac{\partial P}{\partial v} \cdot \frac{dv^2}{1 \cdot 2} + \frac{\partial^2 P}{\partial v^2} \cdot \frac{dv^3}{1 \cdot 2 \cdot 3} = P \cdot dv$$

Daraus mit Rücksicht auf (82):

$$\frac{\partial^2 P}{\partial v^2} = 0 \qquad (83)$$

Die beiden Gleichungen (82) und (83) liefern die Werthe der kritischen Temperatur T und des entsprechenden spezifischen Volumens v im kritischen Zustande, die man also unmittelbar berechnen kann, wenn die Abhängigkeit des Druckes P von T und v allgemein bekannt ist.

ad 3)

III. Lösung.

Alle 3 Theile des Körpers verschiedenartig.

Innere Bedingungen:

$$P_1 = P_2 = P_3$$

$$\int_{v_2}^{v_1} P \, \partial v = P_1 (v_1 - v_2)$$

$$\int_{v_3}^{v_2} P \, \partial v = P_1 (v_2 - v_3)$$

$$(84)$$

Aus diesen 4 Gleichungen ergeben sich ganz bestimmte Werthe der 4 Unbekannten T, v_1, v_2, v_3.

Aeussere Bedingungen:

$$\Sigma M_1 = M$$

$$\Sigma M_1 v_1 = V$$

$$\Sigma M_1 u_1 = U$$

$$(85)$$

Hieraus die Werthe von M_1, M_2, M_3.

Diese Lösung entspricht einem Zustande, in dem alle 3 Aggregatzustände des Körpers miteinander in Berührung sind. Wie man sieht, ist das nur für eine ganz bestimmte Temperatur möglich, die sich aus den 4 Gleichungen (84) ergibt, und z. B. für Wasser nahezu $= 0^0$ C. ist. Diese Temperatur ist diejenige, für welche Siedepunkt und Schmelzpunkt gleichem Druck entsprechen.

Doch hat auch diese Lösung nur dann einen physikalischen Sinn, wenn die aus den äusseren Bedingungen (85) sich ergebenden Werthe von M_1, M_2, M_3 sämmtlich positiv sind, und nach (70) entspricht sie nur dann einem Gleichgewichtszustande, wenn die Grössen $\left[\dfrac{\partial P}{\partial v}\right]_1$, $\left[\dfrac{\partial P}{\partial v}\right]_2$, $\left[\dfrac{\partial P}{\partial v}\right]_3$, welche für einen bestimmten Körper ganz bestimmte Werthe haben, sämmtlich negativ sind. Sind aber diese Bedingungen erfüllt, so ist das Gleichgewicht absolut stabil, d. h. der entsprechende Werth der Entropie ist grösser als jeder andere, den man bei gleichen äusseren Bedingungen durch die beiden vorhergehenden Lösungen erhält. (Den ausführlichen Beweis dieses Satzes übergehen wir hier aus den nämlichen Gründen wie bei der Besprechung der 2. Lösung.)

Ein Beispiel hiefür wird erhalten, wenn man Wasser, welches sich in Berührung mit gesättigtem Wasserdampf befindet, unter 0^0 C. abkühlt.

Dieser, der 2. Lösung entsprechende Zustand, ist labil, indem bei einer kleinen äusseren Störung das Gleichgewicht dauernd verlassen und der der 3. Lösung entsprechende Gleichgewichtszustand eingenommen wird, in welchem sich die verschiedenen Theile des Wassers bei 0^0 C. in fester, flüssiger und dampfförmiger Gestalt nebeneinander vorfinden. Dagegen war v o r der Abkühlung unter 0^0 C. der der z w e i t e n Lösung entsprechende Gleichgewichtszustand stabil, weil in diesem Falle die äusseren Bedingungen so beschaffen sind, dass die sich für die 3. Lösung aus (85) ergebenden Werthe von M_1, M_2, M_3 nicht alle positiv ausfallen, diese Lösung also keinen Sinn hat.

Wir sind nun im Stande, das allgemeine Verfahren anzugeben, das man einzuschlagen hat, um den stabilen Gleichgewichtszustand eines Körpers zu bestimmen, von dem die Masse M, das Volumen V, und die Energie U gegeben sind: Man untersuche zuerst, ob sich aus der 3. Lösung, mittelst der 3 Gleichungen (85), positive Werthe von M_1, M_2, M_3 ergeben. Wenn ja, so entspricht das Gleichgewicht dieser Lösung, und der Körper befindet sich in 3 verschiedenen Aggregatzuständen nebeneinander; wenn aber nicht, so betrachte man die 2. Lösung; ergibt auch diese keinen Sinn, so verhält sich der Körper ganz homogen. Bezüglich der Stabilität des Gleichgewichts hat also die 3. Lösung den Vorzug vor den beiden ersten, die 2. vor der ersten.

Um hierüber ein Beispiel anzuführen, denken wir uns M, V und U so gegeben, dass die 3. Lösung keinen Sinn gibt, wohl aber die 2., indem die Werthe von M_1 und $(M_2 + M_3)$ positiv ausfallen, wenn man dieselben nebst T aus den 3 Gleichungen (73) berechnet, welche die äusseren Bedingungen der 2. Lösung ausdrücken. M_1 stelle z. B. (gesättigten) Dampf, $(M_2 + M_3)$ Flüssigkeit vor. Dann ist durch diese Lösung das Gleichgewicht gegeben. Lassen wir nun M constant, dagegen V und U beide wachsen (etwa mittelst Zuführung von Wärme), und zwar so, dass T constant bleibt, so werden nach (71) und (72) auch v_1 und v_2, folglich auch P_1, u_1, u_2 constant bleiben, und ein Einblick in die Gleichungen (73) lehrt, dass, da $v_1 > v_2$ und $u_1 > u_2$, M_1 wachsen, $(M_2 + M_3)$ dagegen abnehmen wird.

Bei fortgesetztem Verfahren wird schliesslich $M_1 = M$ und $(M_2 + M_3) = 0$ werden. In diesem Falle ist der ganze Körper gasförmig und homogen, die 2. Lösung fällt also mit der 1. zusammen. — Geht man nun in der beschriebenen Richtung (durch fernere Zuführung von Wärme) noch weiter, so wird $(M_2 + M_3)$ negativ, die 2. Lösung verliert also ihren Sinn, und das stabile Gleichgewicht wird fortab durch die 1. Lösung dargestellt, d. h. der Dampf bleibt von nun an homogen, und der Druck, der bis dahin constant war, beginnt sich zu ändern, zugleich mit dem spezifischen Volumen. Hiedurch ist das Verhalten gesättigter und überhitzter Dämpfe bei constanter Temperatur charakterisirt.

Aehnliche Beispiele liessen sich mit anderen Aggregatzuständen und in Bezug auf die 3. Lösung machen.

Wir haben die ganze Untersuchung basirt auf die Voraussetzung, dass Masse, Volumen und Energie des Körpers bestimmt gegeben sind, und haben das dieser Voraussetzung entsprechende Maximum der Entropie betrachtet. Es können aber die gegebenen äusseren Bedingungen auch eine andere Form haben als diese. In jedem Falle bleibt jedoch der zur Auffindung des Gleichgewichtszustandes anzuwendende Grundsatz ein und derselbe: es werden die unter den gegebenen Bedingungen möglichen Maxima der Entropie des Körpers bestimmt; das absolute Maximum entspricht dem absolut stabilen Gleichgewicht, jedes andere Maximum einem mehr oder weniger labilen Gleichgewichtszustand.

Ein besonders häufig vorkommender Fall ist z. B. der, dass ausser der Masse der Druck P gegeben ist, unter dem der Körper sich befindet, und ausserdem für irgend ein Volumen die Energie desselben, die sich aber immer dann ändert, wenn der Körper sein Volumen ändert, weil dann äussere Arbeit geleistet wird.

Wir wollen auch für diesen Fall die Gleichungen aufstellen, aus denen sich die Bestimmungsstücke des Gleichgewichts berechnen. Soll für einen Zustand die Entropie ein Maximum erreichen, so müssen alle möglichen unendlich kleinen Variationen der Entropie in diesem Zustande $= 0$ sein; wir erhalten daher, wie in (64), wenn wir alle dort gebrauchten Bezeichnungen beibehalten, die Bedingung:

$$\partial S = \Sigma \frac{M_1 \partial u_1}{T_1} + \Sigma \frac{M_1 P_1 \partial v_1}{T_1} + \Sigma s_1 \partial M_1 = 0. \quad (86)$$

Dabei gelten, entsprechend den Gleichungen (61), (62), (63) folgende äussere Bedingungen:

Da die Masse des Körpers constant bleibt:

$$\Sigma \partial M_1 = 0. \quad (87)$$

Da die Energie U sich nach Maassgabe der äusseren Arbeit ändert, welche durch den gegebenen äusseren Druck P und durch die Variation des Gesammtvolumens V bestimmt ist:

$$\partial U + P \partial V = 0.$$

oder: $\quad \partial \Sigma M_1 u_1 + P . \partial \Sigma M_1 v_1 = 0.$

oder:

$$\Sigma M_1 \partial u_1 + \Sigma u_1 \partial M_1 + P . \Sigma M_1 \partial v_1 + P \Sigma v_1 \partial M_1 = 0. \quad (88)$$

Mittelst der beiden Gleichungen (87) und (88) können wir aus (86) irgend 2 Variationen, z. B. ∂M_2 und ∂u_2 eliminiren, so dass wir dann in dem Ausdruck von ∂S nur ganz voneinander unabhängige Variationen erhalten. Es ergibt sich nach Ausführung der Rechnung:

$$\partial S = \left(\frac{1}{T_1} - \frac{1}{T_2} \right) M_1 \partial u_1 - \left(\frac{1}{T_2} - \frac{1}{T_3} \right) . M_3 \partial u_3$$

$$+ \left(\frac{P_1}{T_1} - \frac{P}{T_2} \right) M_1 \partial v_1 + \left(\frac{P_2}{T_2} - \frac{P}{T_2} \right) M_2 \partial v_2 + \left(\frac{P_3}{T_3} - \frac{P}{T_2} \right) . M_3 \partial v_3$$

$$+ \left\{ s_1 - s_2 - \frac{(u_1 - u_2) + P(v_1 - v_2)}{T_2} \right\} \partial M_1$$

$$- \left\{ s_2 - s_3 - \frac{(u_2 - u_3) + P(v_2 - v_3)}{T_2} \right\} \partial M_3 = 0.$$

woraus folgende Gleichungen hervorgehen, wenn man die Coeffizienten der 7 unabhängigen Variationen $= 0$ setzt:

$$T_1 = T_2 = T_3$$

$$P_1 = P_2 = P_3 = P$$

$$s_1 - s_2 = \frac{(u_1 - u_2) + P(v_1 - v_2)}{T_1}$$

$$s_2 - s_3 = \frac{(u_2 - u_3) + P(v_2 - v_3)}{T_1}$$

Vergleicht man dieses Resultat mit dem unter (65), (66), (67), (68) erhaltenen, so erkennt man unmittelbar, dass die inneren Gleichgewichtsbedingungen, d. h. diejenigen Bedingungen, welche nur abhängig sind von der Natur des betrachteten Körpers, nicht aber von den gegebenen äusseren Umständen, in denen er sich befindet, in beiden Fällen die nämlichen sind, wie dies in der Natur der Sache gelegen ist.

Um die äusseren Gleichgewichtsbedingungen zu erhalten, muss man die gegebene Masse, den gegebenen Druck und die (für ein bestimmtes Volumen) gegebene Energie in Betracht ziehen.

Offenbar lassen sich auch hier, entsprechend dem oben betrachteten Falle, 3 verschiedene Arten von Lösungen unterscheiden, je nachdem sich der Körper ganz homogen verhält, oder sich in 2 oder 3 verschiedenen Aggregatzuständen nebeneinander befindet. Die Durchführung der einschlägigen Untersuchungen lässt sich ganz analog dem obigen Falle bewerkstelligen. Auch hier hat, was die Stabilität des Gleichgewichts anbetrifft, die 3. Lösung, wenn sie einen Sinn hat, den Vorzug vor den beiden ersten, die 2. vor der ersten.

Ein Beispiel für den letzteren Umstand bietet Wasser dar, wenn man es unter dem constanten Druck der Atmosphäre unter $0°$ C. abkühlt. Dann entspricht das Gleichgewicht der 1. Lösung. Während dasselbe aber vor der Abkühlung stabil war, indem dort die 2. Lösung keinen Sinn hatte, ist es nach der Abkühlung labil, weil nun die 2. Lösung positive Werthe von M_1 und $(M_2 + M_3)$ ergibt. Daher wird bei einer geringen Störung des Gleichgewichts ein neuer Gleichgewichtszustand eintreten, welcher der 2. Lösung entspricht, das ist eine Verbindung von Eis und Wasser.

Wie demnach auch die Umstände beschaffen sein mögen, denen der Körper unterworfen ist, die inneren Gleichgewichtsbedingungen, wie sie in den Gleichungen (69) ausgesprochen und in die 3 verschiedenen oben behandelten Lösungen gruppirt sind, bleiben stets dieselben und dienen der Aufsuchung des Gleichgewichts ein- für allemal als Grundlage. Zu ihnen kommen dann noch die äusseren Bedingungen hinzu, die sich aus den jeweilig gegebenen speziellen Umständen herleiten und den Gleichgewichtszustand des Körpers vollauf bestimmen. Freilich ist dabei vorausgesetzt, dass man P und u allgemein als Funktionen von T und v kennt, was bis jetzt noch nicht der Fall ist.

Kgl. Hof- und Universitätsbuchdruckerei von Dr. C. Wolf & Sohn.